死者の書

死者之書

折口信夫——著

目次

導讀

解謎《死者之書》：折口信夫的世界

◎章蓓蕾

折口信夫在中文讀者的世界是個陌生的名字，即使在當代日本年輕讀者當中，這位學者作家的知名度也不算高。但在日本的民俗學界，折口信夫是與柳田國男齊名的民俗學家。在他的本行國文學的領域，折口信夫是一位著作等身的知名學者。他嘗試從民俗學角度詮釋日本文學的根源，相關的研究成果給他帶來了不可取代的學術地位。

《死者之書》是折口信夫唯一完成的長篇小說，這部作品最先於一九三九年發表在雜誌《日本評論》（第十四卷第一至三號），共分三次刊完。這一年，折口信夫五十二歲。他從大學時代就在摸索，夢想以小說的方式描繪民俗學的古代世界。這一年，他終於把畢生努力的結晶獻給世人。

近一個世紀以來，《死者之書》被日本國內和國際上的一流評論家公認是「日本文學史上無與倫比的作品」；另一方面，這部小說始終擺脫不了「令人費解」的標籤。一九六〇年代以後，研究《死者之書》的相關論文如雨後春筍般陸續出世，其中最具代表性的，是折口信夫的弟子池田彌三郎註解的《日本近代文學大系46折口信夫集》（一九七二年），以及石內徹編纂的《釋迢空「死者之書」作品論集成》（一九九五年），這部超過一千兩百頁的巨著共分三卷，總共收集一百篇論文與評論。

相關論文的數量如此龐大，說明《死者之書》確實是一部充滿謎團的作品。為了讓讀者更易理解作者的創作意圖，本文將從作者的成長經歷與書寫背景切入，期待藉此引領大家走進作者的世界，從而破解藏在書中的迷霧。

詩人學者挑戰小說

折口信夫出生在大阪的醫生世家，他的父親熱愛詩歌，每天早上都在棉被裡向子女朗誦西行的短歌或芭蕉的俳句。折口信夫從小受到父親的薰陶，八歲就開始寫詩，長大之後以筆名「釋迢空」發表過無數詩歌，還出版過歌集《山海之間》與詩集《古代感愛集》、《近代悲傷集》、《現代艦褸集》等代表性詩歌集。

折口家族對排行第四的信夫抱著極高的期待，希望他長大後繼承家業。但是在報考高中的前夕，他突然改變心意，決定棄醫從文，進入國學院大學預科就讀。他的青春時代剛好是日本浪漫主義的絕頂期，當時日本文壇的流行趨勢是歌頌愛情，擅以詩歌頌揚愛情的作家如土井晚翠、島崎藤村、薄田泣菫、蒲原有明等，都曾是折口信夫少年時期傾心的作家。

一九〇五年，十八歲的折口信夫從大阪到東京就讀國學院大學。由於一年前的日俄戰爭賠償條件不符合國民的期待，首都正處於混亂狀態，天天都有暴動與示威活動，折口跟當時其他的年輕人一樣，親身感受到戰爭與死亡的腳步越來越近。他突然覺得自己不該再沉溺在古典詩歌的世界裡，儘管詩歌是他的最愛，但他這時不得不承認，近代文學的主流畢竟還是小說。

於是他開始創作小說，試圖把鄉土民俗與文學融合為自成一家的獨特文體。從大學時代到去世為止，折口信夫陸續寫出《口笛》、《身毒丸》、《神的新娘》等作品，有些曾在雜誌發表，有些始終停留在初稿階段。這些作品都有一個共通點，就是全都沒有寫完。

兩個版本的《死者之書》

一九三九年，折口信夫以「釋迢空」的筆名在雜誌《日本評論》發表了《死者之書》。或許因為避談天皇是當時的流行，或許因為作者的表現太過隱晦，也可能因為一般讀者對古代的民俗故事並不熱衷，總之，小說發表之後並沒在文學界或社會大眾之間掀起漣漪。折口信夫非常失望，他甚至不平地表示：「將來我的詩歌都會消失，學術成果也會淘汰，只有這部《死者之書》，將在世上永遠流傳。」

四年後，他把《死者之書》交給「青磁社」出版單行本的時候，決定大幅度地更動章節順序。據說這項大膽的行動曾讓出版社編輯驚訝得說不出話來。多年後，角川書店與中央公論社也陸續出版了單行本，除了把作者姓名從「釋迢空」改為「折口信夫」之外，書中的文字也有些微變動，但基本上仍以「青磁社」的版本為底稿。

當初小說在雜誌連載時，原是以藤原南家小姐步行到山田寺的場景（單行本的第六章）揭開序幕，接下來的第二、三章的內容是敘述南家小姐的靈魂出竅後，步行來到萬法藏院，她在這裡聽到當麻氏的語部婆婆講述了藤原氏的由來。而現行的單行本第一章的大津皇子復活場景，當初連載時是安排在第四章。

沒有人知道作者為何做出上述的變動。若從「吸引讀者」這個角度來看，「死後七十年的皇子突然在墓穴裡睜開眼睛」的劇情，確實充滿衝擊力。但一般讀者對於古代史並不熟悉，這樣的序幕不免令人感到突兀。

「倭、漢、洋」融為一體的夢想

值得一提的是，這部小說在雜誌連載時，第一章之前還有一篇名為〈穆天子傳〉的序章，內容是從中國古籍《穆天子傳》第六卷轉錄的一段文字：

> 戊寅。天子東狃于澤中……吉日辛卯。天子入于南鄭。

但這篇全長一千多字的序章，在青磁社出版的單行本裡卻被刪掉了。折口信夫後來在〈山越阿彌陀像之畫因〉一文裡解釋他引用這段文字的理由：

小說裡有關第二主角滋賀津彥的描寫，容易令人誤認這部作品是日本的《死者之書》，所以我從〔中國的〕《穆天子傳》裡摘選一段文字，企圖誘導讀者聯想這是『倭、漢、洋三種《死者之書》融為一體』的作品……

〈山越阿彌陀像之畫因〉（以下簡稱〈畫因〉）是角川書店出版《死者之書》單行本時，折口信夫為新書撰寫的序文。「畫因」的原意是指「繪製一幅繪畫的動機」，所以這篇散文等於是作者為讀者釋疑的「解說文」。

文中提到的「倭、漢、洋」，是指「日本、中國、西洋」。其中西洋的「死者之書」，則指著名的《埃及死者之書》（或譯為《亡靈書》、《死亡之書》）。眾所周知，古埃及的帝王死後，後人在陵墓或石棺裡放進一些讀物，供「死者」閱讀，內容大多是對神靈的頌歌或驅趕惡魔的咒語，還有許多內容生動的古埃及神話和民間歌謠。這些幫助死者前往極樂世界的指南讀物，如今已成為世界上現存最古老的文學作品。

而《穆天子傳》則是中國西周的歷史典籍，全書共六卷，第一卷至第五卷記錄周穆王西征東巡的沿途見聞，其中還有周穆王跟西王母相見的場景。折口信夫引用的第六卷，內容主要是記錄周穆王在東巡途中為美人盛姬治喪的細節，以及先秦時期的各族民俗。從內容跟主題來看，《穆天子傳》跟古埃及的《死者之書》是有一段距離的。

折口信夫後來似乎發覺了這項差異。他在〈畫因〉裡表示，「這個序章可能會使讀者感到混淆」，所以發行單行本的時候決定刪除序章。不過，折口信夫的心底應該是對這部作品懷著極高的理想與期待，因為文中提到《死者之書》時，他特意稱之為「我那本模仿埃及的書」。

中將姬傳說

《死者之書》的女主角藤原南家小姐的人物模型中將姬，是日本歷史上有名的傳說人物。這位天生聰穎的貴族千金，不僅深獲（日本第六位女性天皇）孝謙天皇的寵愛，後來還被封為女官。但她自幼喪母，繼母出於嫉妒，對她百般折磨，所以中將姬早已看破紅塵，一心只想擺脫充滿苦難的塵世。十六歲那年，中將姬婉拒了淳仁天皇的求婚，在當麻寺出家為尼。

傳說裡的中將姬曾用藕絲在一夜之間織成曼陀羅圖像。《死者之書》裡關於藤原南家小姐在袈裟上描繪曼陀羅圖像的情節，就是作者根據這段傳說寫成。據說今天放在當麻寺正殿供人膜拜的本尊，正是中將姬在一千二百多年前織成的「當麻曼陀羅」。

事實上，折口信夫在完成《死者之書》之前，曾經寫過一部未完的短篇小說《神的新娘》，主角的原型也是中將姬，亦即藤原南家小姐。她在《神的新娘》裡靈魂出竅七天七夜後甦醒過來，發現自己又回到了人世，臉上露出失望的表情。而《死者之書》裡的藤原南家小姐最後被阿彌陀佛接引到西方極樂世界去了。

讀者讀完這部小說後，心中最大的疑問可能是，為什麼書名叫做《死者之書》？折口信夫在〈畫因〉裡解釋了書寫的動機與取名的原由：

> 一天早上，我做了一個氣氛陰晦又難以描述的夢……彷彿是已故的密友讓我夢到那位古人（指中將姬），所以我就想，應該把夢裡的故事寫出來，獻給亡友……寫著寫著，夢裡的我不知何時變成了中將姬……

折口信夫覺得，故友讓他夢到中將姬，必定因為還有未了的心願，而這部作品既是那個夢帶來靈感而寫成的，當然就是告慰「死者」的最佳祭品。

山越阿彌陀像

折口信夫在古代文化與原始信仰等方面的研究領域獲得了獨樹一幟的學術成果。他認為許多發源於唐土、朝鮮的「渡來文化」傳入日本後，在漫長的承襲過程中逐漸發生變化，最終變成了日本獨有的文化產物。他還創造了許多獨特的民俗學概念，譬如把「定期來訪的他界神靈」叫做「稀客」，把「神靈附體的對象」叫做「依代」，把「古代日本人」叫做「萬葉人」等。後人把他這些獨一無二的理念總稱為「折口學」。

折口信夫在〈畫因〉裡指出：大家都以為渡來文化始終保持著當初傳入時的模樣，但其實渡來文化早已在不知不覺中變成了我國固有的本土產物。譬如日本人創造的山越阿彌陀像就是其中一例……

「山越阿彌陀像」，是日本從鎌倉時代開始普及的一種佛畫，主題是阿彌陀佛與眾菩薩從西方極樂世界前來接引信徒往生的場景。這類被稱為「來迎圖」的佛畫最初傳來日本時，畫中的阿彌陀佛是在眾菩薩環繞中，乘雲飛降而來；但是到了十三世紀的鎌倉時代，「來迎圖」逐漸發展出日本特有的構圖，畫面裡的阿彌陀佛與眾菩薩是從山峰的背面露出上半身，下半身則被山巒遮住。這類「來迎圖」被稱為「山越阿彌陀像」。

小說中的藤原南家小姐看到尊者幻影的場景描述，就是作者根據自己對「山越阿彌陀像」的想像虛構而成，也是作者所謂的「融合鄉土民俗與文學」的一種體現。

日想觀的極樂淨土

折口信夫還在〈畫因〉一文裡提到「日想觀」，這種最初來自佛教的思想觀念，傳到日本之後，發展成為大和民族崇拜太陽的獨特民俗觀，並且衍生出許多傳統民俗活動，譬如在元旦的破曉膜拜旭日、在彼岸中日的黃昏進行日想觀、婦女在春分追隨日影踏青等。

「日想觀」原是《觀無量壽經》提示信徒往生阿彌陀佛淨土的十六種觀法中的第一觀，經文裡指導信徒在日落時刻面向西方正坐，靜默觀想西方的落日，直到睜眼、閉眼都能感覺夕陽歷歷在目，就已達到領悟極樂淨土的境界。

折口信夫對於「日想觀」擁有特殊情感，可能跟他青少年時期的經歷有關。他就讀的天王寺中學，位於大阪的四天王寺境內。這座相傳由聖德太子建造的古寺，從飛鳥時代至今，一直都是日本最有名的日想觀場所。每年春分和秋分的黃昏，成千上萬的信徒從全國各地聚集在寺院的西大門周圍，凝望夕陽從門外的石鳥居正中央靜靜地滑入大阪灣。

四天王寺的西大門又叫做「極樂門」，在日想觀信徒的心中，這座門即是通往極樂世界的象徵。許多日本人聽到極樂門，立即會想起能劇《弱法師》裡的俊德丸。這個悲劇人物跟中將姬一樣飽受繼母虐待，不僅如此，他後來被父親趕出家門，變成了盲人，。淪為乞丐的俊德丸在一個春分的黃昏，來到四天王寺的極樂門前。因為他堅信，膜拜落日（日想觀）能讓自己前往極樂淨土。儘管他的眼睛已經看不見了，但夕陽沉進海面的風景早已刻印在他心底。

舞台上的俊德丸站在極樂門前自言自語說：「我向東門拜一拜吧。」不料身邊突然有人（其實是前來尋他的父親）反問：「怎麼說東門？這裡不是西門嗎？」俊德丸答道：「出了四天王寺的西門，就是進了極樂世界的東門啊。」說完，他興奮地繞著極樂門念了一首詩。

折口信夫在〈畫因〉一文裡，特地引用這首詩作為開場白。因為詩中提到的「極樂東門」，即是渡來文化傳到日本後逐漸形成的獨特產物。或許，各位讀者在閱讀小說時，腦中也曾浮現詩中描繪的景象。現在就用這首詩，作為本文的結尾吧：

極楽の東門に
向ふ難波の西の海
入り日の影も
舞ふとかや

極樂東門開
難波西海外
落日照餘暉
翩翩躍入海

二〇二三年十一月吉日
章蓓蕾於東京

參考資料

1〈山越阿彌陀像之畫因〉：折口信夫撰，《折口信夫全集．第二十七卷》（中公文庫，一九七五年），頁一七四—一九八。
2《折口信夫「死者之書」的世界》：森山重雄著（三一書房，一九九一年）。
3《「死者之書」之謎——折口信夫與其時代》：鈴木貞美，作品社，二〇一七年。
4《折口信夫傳》：岡野弘彥著（築摩書房，二〇二〇年）。
5《折口信夫文藝論集》：安藤禮二著（講談社，二〇一〇年）。
6《初出版 死者之書》：內田賢德校注．解說（塙書房，二〇二〇年）。
7《折口信夫》：安藤禮二著（講談社，二〇一四年）。
8《稀客之座——折口信夫與我》：池田彌三郎著（中公文庫，一九七七年）。
9《日本近代文學大系46折口信夫集》：池田彌三郎、關場武、岡野弘、長谷川政春、千勝重次、奈良橋善司合編（角川書店，一九七二年）。
10《隨筆折口信夫》：水木直箭著（角川書店，一九七三年）。
11《釋迢空「死者之書」作品論集成》全三卷：石內徹編（大空社，一九九五年）。
12〈解說戀的宿命〉：持田敘子序；《死者之書》（角川書店，二〇一七年），頁三四〇。

死者之書

一

他*從沉睡中慢慢甦醒過來。四周是一片漆黑的暗夜，他在冰冷刺骨的混沌中睜開了雙眼。

「滴答、滴答、滴答。」傳進耳中的，是流水滴落的聲音？冷得讓人全身僵硬的黑暗中，他的上下眼皮自然而然地打開了。

一種被埋在地下的感覺，正在他的膝蓋、手肘上逐漸覺醒。腦中有個聲音正在回響——全身繃緊的筋骨，從頭頂到手心、腳底，都隨著那微弱的聲響掀起陣陣痙攣。

周圍的暗黑更加濃重。他睜大雙眼環顧四周，立刻發覺一塊黑色岩石構成的頂蓋緊壓在身體的上方，然後，他又意識到身體下面是一塊早已結成冰塊的石板。左右兩側聳立著未經雕琢的粗石堆疊的石壁。「滴答、滴答……」耳中傳來水珠順著岩壁滴落的聲音。

漫長的時光已然流逝——他意識到自己曾經睡得那麼熟，而且已經沉睡了很久很久。但另一方面，他又覺得自己似乎一直沉浸在一個容易驚醒的夢裡。半晌，現實終於跟懵懂的思緒連上了線，然後像黏在眼底似的明確地呈現在他眼前。

「啊！耳面刀自[1]！」

復甦後閃進腦中的第一句話，在記憶裡反覆回響、激盪，也讓那段記憶變得更有彈性。

「耳面刀自，我仍然……在思念妳。我不是昨天到這裡來的，也不是前天或大前天開始在此安眠。我已在這裡沉睡了很久很久，腦中依然思念著妳。耳面刀自，從我來到這裡之前……即使是長眠在此……甚至到了甦醒後的現在，我腦中始終只想著一件事。」

他按照從前還活在人世時的老習慣——就像祖先當初傳給他那樣——把身子向後一縮，打算站起身來。然而，一陣筋骨斷裂般的疼痛突然襲來，就像周身關節都扭傷了似的。於是，他只好靜止不動——就保持著這種姿勢，一直忍耐著。周圍一片漆黑，黑得像黑寶石一般。他那雪白的身軀彷彿被刻在巨大的煤精石[2]岩壁上，顯得那麼威嚴神聖；但他的雙手卻那麼輕鬆自在地伸向前方。

腦中淨是關於耳面刀自的記憶，全都是跟她緊密結合的回憶。那些思緒開始伸展、蔓延，往日的各種身影，漸漸像片段的聯想被細繩串連起來。他那具枯死的肉體裡面，又重新燃起了光明的希望。

「耳面刀自，我只看過妳一眼——唯一的那一眼。但我早已耳聞有關妳的一切。到我的身邊來吧，耳面刀自！」

一種近似追憶的東西從記憶的底層往外湧出。

「我，在下我，現在究竟在哪……？還有，這裡是什麼地方？更重要的是，我到底是什麼人？這一切，我全已忘得一乾二淨。

「喔，等一下！我還記得一些，那時好像聽到鴨子的叫聲。對了！有人把我從譯語田[3]的家裡拉出去，一直拉到磐余池[4]畔。遠處的堤上擠滿群眾。那裡是一片茅草繁茂的原野，一個接著一個的腦袋，從低矮雜草叢中伸出來。他們好像都在高聲叫喊著什麼，聲音裡充滿對我的不捨與敬愛，甚至還有人發出帶著淚聲的哭叫。

「然而，我的心中十分清澄，就像一汪池水。那時大概是秋天吧，我真切地聽到浮游在水面的鴨子發出了鳴聲。如今回想起來——等一下，我好像還聽到那個令人一見鍾情的女人

1　耳面刀自：飛鳥時代的女性，藤原鎌足（六一四—六六九）的女兒，大友皇子（後來的弘文天皇）的妃子。藤原鎌足是當時的貴族政治家，本姓中臣，因幫助皇室推翻權臣蘇我氏，成為推行大化革新的功臣，接受天智天皇賜姓藤原，成為當時日本最大的豪族藤原氏的祖先。

2　煤精石：一種有機寶石，由遠古樹木在溫度和壓力作用下分解而成。又稱煤精、煤玉、黑玉、黑炭石。

3　譯語田：古代地名，約位於現在奈良縣櫻井市戒重附近。

4　磐余池：古代地名，位於現在奈良縣櫻井市池之內。依《萬葉集》中收集大津皇子臨終前最後一首和歌推測，皇子可能在池畔被處以極刑。但據《日本書紀》記載，大津皇子被天皇賜死的場所其實是在家中。

的哭聲——喔！那是耳面刀自。就在那一剎那，我的心和肉體好像突然緊緊地連為一體。我似乎瞬間掉進一個無拘無束的寬闊空間。接下來那個短暫的瞬間，我不禁陷入沉思……我的眼中沒有天空，沒有大地，花朵和樹木也都失去了顏色——就連我，我自己也好像掉進一個無法理解的世界。

「啊！就是在那個瞬間，我連自己是誰都忘了。」

這時，他的全身開始不斷微微震顫，從腳踝往上，順著膝蓋窩、腰窩、脖子，漸漸移向太陽穴、頸窩……然後自然而然地，那雙僵直的膝蓋忽然可以彎曲了。但周圍仍然黑得伸手不見五指。

「啊！對了，那位地位尊貴的伊勢國巫女[5]——也就是我的姊姊，是她到這裡來喚醒我的。

「姊姊，我在這裡啊。不過妳身為侍奉尊貴神明之人，是不可以觸碰我身體的。所以妳只能待在那裡，一動不動地站在那——啊，我已經失去生命。死了。是被人殺死的——我竟然忘了這件事。對，這裡就是我的墳墓。

「不行！那裡是不能打開的。不要挖開墓道的門啊！住手！還不給我住手？妳這個笨姊姊！

「什麼！原來根本沒人到這裡來。哎唷！那真是太好了。我這具肉體要是直接被太陽照射到，馬上會爛掉的。可是，好像有點不對勁。嗯，對了，那是從前的事了。我聽到那個挖掘的聲音，也是在從前。我以為姊姊剛才一面敲著墓道的門一面跟我說話，其實那些都是往事了。

「那時我剛到這裡沒多久，這件事我心裡是明白的，因為那時是十月，有隻鴨子正在鳴叫。後來我就跟那隻鴨子一樣，被人砍斷了脖子，然後就什麼都不知道了。對了——姊姊好像在墓門前哭喊著，還為我唱了輓歌吧。聽到妳唱出那句：『岩下馬醉木，我欲親手摘*。』我不禁驀然驚覺，原來寒冬已過，百花齊放的春季已然降臨人間。那時我的屍骨大概已經腐蝕了一半。後來，又聽妳唱道：『想送花兒供君賞，卻恨無人知吾弟。』所以我明白了，我已經離開了人世……如果那時像現在這樣，還能用手摸摸自己的身體，我一定會大吃一驚吧。因為裹著全身的衣服裡面，只剩下乾癟得像臘肉般的骸骨了——」

他開始移動兩臂，一手伸向漆黑的空中，另一隻手在岩板上來回摸索。

---

5 伊勢國巫女：即大津皇子的姊姊大來皇女（也叫大伯皇女），十四歲時進入伊勢神宮擔任巫女。伊勢神宮位於現在的三重縣伊勢市，當時屬於伊勢國。巫女是在神社裡侍奉神明的神職人員，古代的巫女具有靈媒的能力，伊勢神宮的巫女通常由天皇家未婚的公主擔任，負責代表皇室侍奉天照大神，地位高於全國所有巫女。

「『二上山頂一墓穴，吾弟明日葬於斯。我今猶活在人世，從此見山如見弟。』

「姊姊吟唱輓歌的聲音傳進我的耳裡。唱完一首還不夠，接著又為我唱了一首。聽到她的歌聲，我才知道，原來自己的墳墓是在二上山[6]的山頂。

「她真是一位好姊姊。可是等她唱完之後，我又失去了知覺。

「之後，又過了多久呢？好像過了很久很久。伊勢國的巫女，我那尊貴的姊姊，每次她到這裡來，我都覺得自己好像被人從瞌睡裡喚醒。但今天跟以前那幾次相比，我似乎是從沉睡中清醒過來。我又聽到了那個聲音，從前的那個聲音——聽得那麼清楚，好像就在耳邊。那聲音安撫著我的心——令我鎮靜，否則我的思緒又會陷入混亂。從前的我，漸漸清晰地浮現到眼前來。可是，等一下……那麼這裡的我，到底是誰？我是誰的兒子？誰的丈夫？這一切，我全都忘了。」

他伸出雙臂撫摸全身，從脖頸周圍到胸部，再從腰部到膝蓋，然後，他深深地嘆了口氣，就像正常的活人一般。

「糟了！我的衣服全都爛掉了。裙褲也已化為塵土，不知飛到哪裡去了。這可怎麼辦？我竟然光溜溜地躺在這裡。」

他全身傳來一陣熱血奔流的感覺，筋肉似乎正在鼓脹。黑暗中，他用手肘撐起上半身。

「哎唷，冷死了！這是要我怎麼辦？尊貴的母親，如果您要責怪我做錯了什麼，我向您請罪。請您拿給我衣服吧。給我衣服啊——我的身軀在地下都要凍僵啦。」

他以為自己發出了聲音，但那聽起來不像聲音的東西卻立刻消失。他無聲地訴說著，不斷地自言自語。

「快拿給我吧，母親。我沒有衣服了，那就乾脆變成光著身子的新生兒算了。我就是個小嬰兒，像現在這樣，在這石板上面到處亂爬，你們不知道嗎？我這副手忙腳亂的模樣，就沒人看得到嗎？」

就像那喘息的聲音形容的那般，他正在不斷踢動兩腿，扭動全身，早已化為骸骨的身軀看起來就像個正在哭鬧的嬰兒。時間一分一秒過去，原本照不到一絲亮光的墓穴裡，物體的輪廓正在慢慢顯現，就像一層薄冰正在逐漸融化。因為這時有一道看起來很像月光的微亮，不知從哪裡射了進來。

「我怎麼辦？怎麼辦呀——連大刀都鏽成這樣了……」

6　二上山：位於奈良縣北邊的葛城郡與大阪府南邊的河內郡交界處。一般稱為葛城的二上山，是由兩座山峰構成，北邊的男岳較高，南邊的女岳較低。大津皇子的墳墓位於男岳的山頂，旁邊建了一座二上神社。

二

月光依然普照大地。群山的頂峰高聳天際，月亮能夠照到的範圍顯得那麼狹小。月光遍灑山巒，照亮山谷，剩下沒有目標可照的亮光又重新射向天空，讓地上照不到月光的角落全被映得輝煌無比。

月亮的下方，無數山峰連綿不斷。黑漆漆的山巒走勢錯綜糾結，盤根錯節。深夜的山中總是會突然吹起陣陣霞霧，不僅使相連的山脈輪廓看起來若隱若現，更使清亮的月夜顯得悠然又溫暖。

廣闊的山麓低丘盡頭，有一片鋪滿晶亮白沙的河灘，再向前方眺望，貌似寬腰帶的石川[7]正在閃閃發光。這條縱貫南北的閃亮長河綿延流向北方，最北端的河面豁然變寬，那裡應該就是凡河內村吧。就在那個位置，還有一條剛從山谷流出的堅鹽川——也叫做大和川——等著跟石川會合後，繼續朝向西北方前進。再向遠方望去，還有幾條閃亮的水道緊密相連，大

7 石川：發源於葛城山區的河流，全長約三十公里。

概是日下江、永瀨江和難波江吧。

夜色始終寂靜，直到破曉時分，山峰都像被露水打溼了似的，柔潤靜謐地聳立在前方。遠處的山谷裡，許多雪花般的光點閃爍不已，原來是低處的山田谷裡有許多花期較晚的彼岸櫻正在盛開。

前方有一條筆直的山路，越過二上山的男岳和女岳連接處之後，山路突然變成陡峻的坡道直往山下延伸。這是一條難波通往飛鳥*的古道，平時的白天偶爾可見行人，路面也十分明亮寬敞，就算現在是在夜間，也能看清地面長滿了雜草。這條路就是當麻路[8]。陡峻的山路一直往山下延伸，不一會兒，前方又出現另一座陡坡。在兩段陡坡的連接地帶，地勢變得比較平坦，地面種植一片樹梢尖細的榧樹林。這些樹齡已有半世紀的林木似乎長得一模一樣。其實這塊平地是一座圓墳[9]，當初動工前的景觀計畫裡，已把眼前的月光、微暗的樹影和陡坡都納入了圓墳的背景。月亮睜大眼皮照耀大地，群山則緊閉眼皮陷入沉睡。

「來啊！來啊！來啊！」

這聲音，或許從剛才就已傳進耳中。可能因為耳朵早已習慣寂靜，壓根就不想接收新的聲音。總之，耳中聽到的聲音並不令人意外。

「來啊！來啊！來啊——來啊！來啊！來啊！」

是人類的聲音，跟鳥兒在夜間鳴唱時發出的叫聲完全不同。那聲音持續一陣之後突然停止，寂靜再度降臨，比剛才更令人感到清冷肅穆。葛城山脈南邊的幾座主峰層層相疊，好似連成了一體。伏越、櫛羅、小巨勢，幾座山峰一座比一座高，彷彿正在爭相衝入雲霄。暗夜如漆，二上山和群山的黑影沉重地壓在圓墳之上。

就在這時，遠處隱約可見幾個身影沿著當麻路朝向山下走來。二、三、五……八、九。總共九個人，片刻不停地走下了陡坡，一路朝向河內路[10]快步奔來。

與其說是九個人，不如說是九位天神吧。只見他們身穿白袍，頭上用一塊白布繫著髮髻，手上和腿上都像其他旅人一樣纏著布條，手裡抓著一根高過頭頂的拐杖——走到那塊平地之後，九人同時在森林前方停下腳步。

「來啊！來啊！來啊！」

8 當麻路：穿越二上山的男岳與女岳之間馬鞍狀地形的道路。

9 圓墳：指墳丘平面呈圓形的古墳。飛鳥時代之前的古墳時代（三世紀中葉—七世紀左右）建有許多圓墳，大部分都是中小型，直徑從數公尺到一百公尺。

10 河內路：當時進入河內國的重要道路，從山田谷（今天的大阪府南河郡周圍）沿著飛鳥川前往河內平原。河內國是古代的一個律令國，領域大約相當於今天的大阪府東部。

不知是誰先開口的，只聽九人突然一起發出呼喊。群山之中的山神受到驚嚇，趕緊跟著發出叫喚。但那只是一時的騷動，山中很快又恢復了寂靜。

「來啊！來啊！藤原南家小姐*的靈魂，快來吧！

「妳不該迷失在這深山裡啊。快！快回到妳原本的肉體去吧。來啊！來啊！

「我們正在山裡四處尋覓，尋找妳的靈魂啊。來啊！來啊！來啊！」

手拿拐杖的九人已從心底相信自己變成了天神。他們一起把拐杖放在地上，解開頭上的白色髮帶。其實那髮帶只是一塊雪白的棉布條罷了。接著，他們同時把臉孔轉向圓墳，用力揮動手裡那條長長的髮帶。

「來啊！來啊！來啊！」

他們反覆進行著同樣的動作，不一會兒，倦怠感很自然地從他們的心底升起，身體也已累得渴望休息，於是九位天神又在自己的心底變回了人類。他們迅速地用手裡的白布條把髮絲繫成髮髻，抓著拐杖站在原處，看起來就像九名旅人。

「喂，動手不動口的任務到此為止吧。」

「是。」

八個聲音一齊回答。接著，他們像早已練習過似的，「砰」地一下，一起在草地上坐下，將拐杖放在一旁。

「我們在大和國與河內國交界處的招魂活動到此為止。想必小姐的靈魂已經返回草庵裡那具肉體裡了，現在應該精神振奮，充滿活力吧。」

「這裡是什麼地方呀？」

「誰知道呢。大和國[11]的人認為這裡是守護大和國的『大關』[12]，可是河內國的人認為這個關卡守護的是河內國。這裡就是二上山當麻路的關卡——」

一位看似長老[13]的男人接口說道：

「四五十年以前，這裡只叫做『關』，從不標示地名。不過聽說啊，這裡跟近江的滋賀宮[14]有很深的淵源*。就是那一位，住在大和磯城譯語田府第裡的那一位。後來他死在池邊

11　大和國：日本古代的一個律令國，領域範圍約相當今天的奈良縣。

12　大關：關卡之類的設施出現之前，「關」是一種以信仰力量來宣示「從這裡開始不准入內」的標誌，藉此阻止外力入侵。地位特別重要的「關」，稱為「大關」。

13　長老：神道或神社的祭司，也叫做刀禰、宿老。

14　近江的滋賀宮：暗指當時象徵王權的宮殿。

的河堤上，結果有人提起天若日子[15]的傳說，認為後來發生了災難，是因為那一位的屍骨被當成罪犯殯殮，所以又立刻把那一位的屍骨移到這裡來，他就埋在這座圓墳裡面啊。」

說到這，剛才說話的那人繼續用更沙啞的聲音說道：

「當時上面的旨意裡稱他是罪人，又稱他是吾兒。旨意裡還說，吾兒的靈魂因暴怒而失控，為了防止比吾兒更殘暴的歹人進入大和國，大家務必小心提防，嚴陣以待。

「說真的，那時我們都還在壯年，現在回想起來，已是五十年前的往事了。」

說完，另一人彷彿徵求眾人意見似的插嘴說道：

「對呀，那時我受雇來當造墓工人。後來還被找去修復當麻路。關於這座墳墓的事情，我太清楚了。那時這些榧樹還只是樹苗，現在都變成了這麼茂密的森林。不過真的好可怕喔，那時有個河內安宿部的男人來當挑石工人，就被這座墳裡的鬼魂附身了。」

九個人的心境這時已經完全變回現世的百姓，但他們都沒意識到，在這荒山上追憶往事，實在是令人感傷的事情。可能那些陳年舊事在他們心底仍跟現實緊密相連吧。

「那今天到此為止，我們回去吧。」

「好的，好的。」

說完，九個人都解開髮髻，拋掉拐杖，只看外表的話，他們完全就只是穿白袍的修行者。

「不過啊，就像大家已經聽說過的，這座圓墳大有來頭，是個不可忽視的地點，我們還是再來招一次魂吧？」

長老說。其他的修行者聽了這個提議，又重新展開一輪招魂活動。

「來啊！來啊！來啊！」

§

「喔……」

是誰發出這麼奇怪的聲音？九個人打死也不相信這聲音會從他們當中的某人嘴裡發出來。一股莫名的恐懼從心底升起，他們又呼喚了一次：

「來啊！來啊！來啊！」

15 天若日子：日本神話裡的天神。據《日本書紀》記載，天若日子被高天原的眾神派往出雲尋找天穗日命，但他到了出雲之後音訊全無，還娶了大國主神的女兒下照姬為妻，一連八年都沒有回去覆命。眾神認為天若日子叛逃便殺死祂，死後也不准殯殮。

一個冰冷得像是死人甦醒時發出的聲音從墓穴深處傳來，那聲音顯然是在應和墓外這群人的呼喚。

「喔喔……」

九顆心頓時只想各自逃命，九條身軀也在瞬間四下潰散，有人奔向山田谷，有人逃往竹內谷，還有人奔赴大阪，或踏上當麻路，九個人就像被山峰打散的白雲，立刻消失了蹤影。

只剩下那個聲音，在層層堆疊的山間和谷中不斷回響。

「喔喔……」

三

萬法藏院[16]的北面山腳下，有一座古老的小草庵。之所以說它年代久遠，是因為村中居民都相信草庵從很久以前就在那裡了。小屋並沒有住人，只放著一座孔雀明王雕像。平時這間小屋若是哪裡壞了，就由村民幫忙修理一下。有些當麻村居民偶爾也把這座草庵叫做山田寺*。據那些村民說，山田寺後來荒廢了，飛鳥宮[17]那邊就下令建造了萬法藏院。還有的村民說，其實那時是因為一位身分尊貴的皇子一時興起，捐出自己從前的領地，才建起了大寺院。據說當初進行修建時，為了保存山田寺的舊殿，還特意縮小新殿的規模，再把早已腐朽的老建築遷到寺院境內的北邊角落。

事實上，吉野、葛城等地的山野修行者和旅人之間一直流傳著一個關於山田寺的傳說。

16 萬法藏院：「當麻寺」的前身。相傳是在推古天皇二十年（西元六一二年）創立，位在河內國山田鄉。

17 飛鳥宮：即皇宮。當時的首都設在飛鳥，皇宮也在飛鳥。傳說萬法藏院是由聖德太子攝政時提出建議，並由聖德太子的弟弟麻呂子皇子負責興建完成。

據說這裡曾是山林佛教[18]的始祖役君小角[19]最早的根據地。萬法藏院的大殿後來毀於一場大火，但那時誰也沒有料到，百年之後的現在，原本的道場雖已成為一片荒野，但在緊鄰大殿舊址的這個位置，竟還保存著一間如此古老的草庵。

夜深了，谷底傳來湍急的水聲，越來越響。那是從二上山的兩座山峰之間流下來的一條山澗。

草庵裡的光線十分昏暗。附近的當地農民平時很少用火，每天到了晚上，他們不是在昏暗中活動就是上床睡覺。不過從前寺中的主佛就供奉在草庵裡的這個位置，所以現在屋裡還是整夜都在佛前點上一盞長明燈。

草庵裡的燈光忽明忽暗，孔雀明王的身影時而清晰，時而模糊。

藤原南家小姐獨自坐在屋中，彷彿忘了應該就寢。

萬法藏院的上層執事僧侶都認為，寺裡應該先派人到奈良的橫佩家[20]去通報一聲，好讓小姐的親人早點安心。只不過，這次橫佩家千金踏進寺院禁地，還擅自闖入女子不准進入的結界，既然小姐自己犯下過錯，就該由小姐親自懺悔贖罪才對。說起來，這座寺院最近才剛剛辦完竣工慶典，如此煥然一新的淨土，現在竟遭到一名女子褻瀆，難怪境內各分寺的負責人都感到驚惶萬分。所以大家一致決定，南家小姐的罪過絕不是施捨錢財就能一筆勾消的。

她必須在寺院附近找個地方住下，長期進行齋戒懺悔才行。寺院的上層執事也在今天中午派人前往奈良，向藤原南家詳細報告小姐在寺中現身的經過。

另一方面，寺院的主事僧侶們決定讓小姐住進這間草庵，就算南家立刻派人前來迎接，小姐也必須在這間小屋裡住滿規定的懺悔日數。

草庵的地板雖然低矮，坐在上面倒也舒適。只是室內天花板卻高得不得了，屋頂上的芒草根本無法遮住下方的人字牆，坐在屋內也能看到屋外天空的繁星。只要聽到一陣呼呼風聲傳來，立刻就能感到頭頂的縫隙裡吹進陣陣冷風，接著，還會零零星星落下一堆碎片，大概是被爐火長年燻在牆上的煤灰吧。這時，一股寒風驟然吹過，明王雕像前方的佛燈「啪」地一下變亮了。

燈光不只照亮了粗陋破爛的室內，也把粗木地板上的小姐座位照得一清二楚。其實說是

---

18 山林佛教：也叫山岳佛教，佛教的一種修行方式。修行者離開人群，前往山林進行修煉。

19 役君小角（六三四—七〇一）：日本山岳信仰修行者始祖，也是飛鳥時代至奈良時代的著名咒術師。到了平安時代，山岳信仰十分盛行，朝廷追贈「行者」的稱號，從此通稱「役行者」。

20 橫佩家：根據《續日本紀》記載，南家小姐的父親藤原豐成（七〇四—七六五）曾在朝廷為官，通稱橫佩大臣或難波大臣。所以這裡稱小姐家為橫佩家。

座位，也只是在地面鋪了兩層草蓆。而在距離小姐頗遠的牆角邊，還可以看到一位老婦，她是直接坐在地板上的。

老婦身邊的那面牆壁，看起來更像是一塊帳幔，似乎是用幾片菰草編織的草蓆湊合著吊在天花板上，可能原本是為了擋風才掛上去的。老婦從剛才就一直靜靜地坐著，沒有發出一絲聲響，甚至連咳嗽都不曾咳一下，那身影簡直就像是貼在帳幔上似的。

出身貴族的小姐早已習慣這種生活，就算叫她整天不說一句話，也不會覺得寂寞。所以住進這間位於山腳背陰處的草庵後，她連一口氣也不曾嘆過。白天被送到這裡來的時候，她知道有一位老婦陪伴自己一起來的，但因為老婦已經很長時間沒有發出任何聲響，所以小姐也把那位老婦忘了。現在佛燈突然一亮，藉著燈光，她立刻看見了老婦，連老婦的臉孔也看得一清二楚，感覺這婦人好像在哪裡見過。小姐雖是貴族千金，卻也希望身邊有人陪伴。昨晚離開府裡之後，路上連一個女人都沒看到，也難怪她現在覺得眼前這位老婦是個似曾相識的熟人。不過這老婦令她感到熟悉的，其實並不只是這種親近感。

「小姐。」

一個孤寂沙啞的聲音打破了沉默。

「有些事小姐可能並不知曉，不知您是否願意聽老身為您細說一番？關於您出生之前的世間之事，老身我倒是知道一些的。」

老婦一張開嘴，就滔滔不絕地說了起來。小姐這時才明白為何感覺熟悉。藤原南家經常有位婦人前來串門，她的年紀就跟眼前這位老婦相仿。那個婦人從早到晚隨時都能進出小姐跟侍女居住的閨房，毫無顧忌地向小姐講述古時的傳說或故事。大家都稱她中臣志斐婆婆——現在這位老婦臉上的神情就跟中臣志斐一樣，不，應該說比中臣志斐更嚴肅。原來她跟志斐婆婆一樣，也是氏族語部的成員。志斐婆婆屬於藤氏語部[21]，這位老婦則是當麻真人氏[22]語部裡僅存的少數遺老之一。而這座草庵所在的當麻村，當初就是當麻真人氏創建的。

21　語部：在文字的紀錄出現之前，專門負責傳誦氏族的共同記憶、傳說、故事的一種職業。每個氏族都有專屬的「語部」。

22　當麻真人氏：「當麻」是日本古代的氏族。據《日本書紀》記載，當麻氏的祖先是用明天皇（五八五—五八七）的第三皇子，叫做麻呂子皇子。當麻村是他的原籍地，後世尊稱為「當麻公」。天武十三年（西元六八四年），天武天皇為當麻公的子孫賜姓「真人」，從此氏族的全稱成為「當麻真人」。

「藤原家如今已經分為四支[23]，但在大織冠[24]那一代還沒分家，後來傳到淡海公[25]的時代，也仍然維持單獨一脈的大家族。不過，從淡海公那一代開始，藤原氏從中臣氏分了出來，原本的一家變成兩個氏族。中臣氏的族人在藤原氏的故里抽枝發芽，繁衍興盛，之後，才有了藤原一族。

「之後，藤原一族的後代全都成為從政的公卿王侯，中臣一族的後人則負責侍奉神明的任務。雖說身分低微，卻始終擔任歷代天皇的神宮祭主[26]。但話說回來，現在是現在，從前是從前。不知您是否聽說過中臣一族的氏神[27]？他叫做天押雲根命[28]，也就是藤原氏的遠祖。

「現在住在奈良宮的天皇，之前住在藤原宮的天皇，還有更早之前住在飛鳥宮的天皇。歷代天皇三番兩次地把神宮在大和國之內遷來遷去，數度重新安置神位。但是長久以來，中臣家始終追隨諸位天皇，擔負服侍神明的重任，小姐，關於這段歷史，不知您是否聽過？

「這些都已是年代久遠的往事了。懇請小姐傾聽老身為您講述一下吧，這段故事的內容跟中臣家和藤原家的先祖天押雲根命有關。那是在很久很久以前，大和國全國的水都是濁水，又臭又髒，無法獻給天皇飲用。天押雲根命當時為了給天皇尋找煮飯釀酒的清水，踏遍了大和國每個角落。他想向高天原的天照大神祈求神助，但大和國的地位那麼卑微，周圍的山峰又高聳入雲。放眼望去，大和國的周圍有一道綠牆般的山巒，也就是前面的這座二上山。天押雲根命便向天神祈禱，希望神明為自己建一條雲朵鋪成的道路，直通天空。也是在這時，中臣氏的祖先天押雲根命接到天照大神的神示，很快就在二上山裡找到天水的泉源，而且共有八個泉眼。之後的很長一段時間裡，天皇使用的冷水和熱水，都是由中臣氏歷代子孫從這座山裡運回去的，小姐您聽過這段故事嗎？」

這段故事是關於當麻真人一族的氏族物語，老婦像在閒聊似的把故事跟中臣氏擔任神宮祭主的淵源連接起來。說到這裡，她突然閉嘴不再說話。

戶外傳來溪水流過淺灘的潺潺水聲。當初中臣和藤原兩氏的祖先在二上山找到了八個天

23　四支：藤原鎌足的次子不比等有四個兒子，不比等決定從他兒子這一代起，將藤原氏分為四支旁系。長子武智麻呂創設了南家，次子房前創設北家，三子宇合創設式家，四子麻呂創設京家。

24　大織冠：指藤原氏的始祖藤原鎌足（六一四—六六九）。大化革新之後制定的官位中，「大織冠」的地位最高。鎌足也是第一個受封這個官位的大臣，後來「大織冠」就成為鎌足的代稱。

25　淡海公：指藤原鎌足的次子不比等。他曾在朝中擔任高官，去世後追封淡海公。

26　祭主：神宮或神社裡主掌祭祀的長官，是一種神職。

27　氏神：指氏族之神。也叫做祖神，在氏族居住地保佑族人的守護神。

28　天押雲根命：日本神話裡的天神，是天兒屋命的兒子。據《藤原氏家傳》記載，天兒屋命是藤原氏的前身中臣氏的始祖。「命」是對神或身分高貴之人的尊稱，有時也寫為「尊」。

水的泉眼，八股泉水聚集起來順著山峰流下，然後匯成了這條水花不斷拍打山岩的激流吧。南家小姐聽到這裡，雙手合十，轉身朝著水聲的方向膜拜半晌。

不一會兒，小姐轉過臉，發現老婦在昏暗中正在朝向自己靠近，她心底升起莫名的恐懼和被迫的焦躁混合而成的感覺。志斐婆婆臉上露出即將正式開講氏族物語時的表情。這位當麻語部的老婆婆全身開始不停地抖動，她似乎已被神靈附體了。

四

高聳天際二上山，
我今登山向遠望，
飛鳥翩翩明日香*，
神南備山在故鄉*，
千家萬戶隱山中，
鄉里村舍多豐足，
更遠有座大宅院，
乃是藤原大臣府。

翹首眺望遙遠處，
引頸等候那倩影，
少女會否來現身，

聲息何時入耳中，
青馬的耳面刀自*，
吾盼刀自亦盼妹，
盼妳為吾誕玉女，
僅需一女來婚配。

高聳天際二上山，
山南遍地梫木花*，
少女豔麗如花朵，
吾欲擁妳入懷中，
顛仆前進穿樹叢，
美麗身影實難忘，
心中唯有姑娘妳，
藤原家的姑娘啊！

老婆婆唱完這段長歌[29]，用力呼出一口氣，彷彿用盡了全身的力氣。半晌，耳中只能聽到山上傳來樹葉搖晃發出的沙沙聲，還有山澗沖過淺灘的流水聲。

不久，老婆婆又重新坐直身子，繼續用嚴肅的聲音朗誦：

「從前在飛鳥翩翩的飛鳥京，有位隨侍在天皇身邊的貴人。這位皇子住在微波粼粼大津宮*。他對中國漢文與漢詩的造詣極深，據說我國最早能夠創作漢詩的，除了大友皇子[30]以外，就屬這位皇子了。

「皇子後來離開了近江京[31]。等到飛鳥京再度繁盛起來的時候*，他卻犯下一連串大錯。當時全國各地都在流傳他脅迫天皇，企圖謀反的謠言。

「高天原廣野姬尊[32]持統天皇聽到這個謠言後十分震怒，決定派人把皇子拖到池邊的堤

29　長歌：和歌的一種，源於日本古代的歌謠。長歌常出現在《日本書紀》、《古事記》等古籍裡。平安時代以後，學者著手編纂《古今和歌集》，短歌便成為和歌的代表，長歌逐漸式微。

30　大友皇子（六四八—六七二）：天智天皇的長子，後來為第三十九代天皇，史稱弘文天皇。

31　近江京：飛鳥時代，天智天皇在近江國滋賀郡興建的都城。

32　高天原廣野姬尊（六四五—七〇三）：天武天皇的皇后。天武天皇去世後，草壁皇太子尚未成年，沒有立刻即位，由天武天皇的皇后即位成為持統天皇。她也是日本皇室史上第三位女性天皇。

防上處死。

「皇子離世之前，心中有位十分愛慕的女子。她的名字叫做耳面刀自，是大織冠的女兒，但這女孩對大津皇子倒是沒有半分戀慕之情。當初她離開大津宮之後，被天皇召回飛鳥京，從此過著孤寂的生活。但因為他們都對大津宮懷著留戀之情，所以女孩聽說皇子將在磐余池畔的草地上處以死刑時，心裡升起一絲憐惜，就想去跟他告別。她從藤原步行來到池邊，想從堆得很高的柴火縫隙中，偷看皇子一眼後立刻返家。但她萬萬沒有想到，皇子在離世的瞬間看到了她的眼神。而她這最後的一瞥，竟然成為他對這一世的執著。

「『數度遊磐余，池鴨聲聲喚，今將成絕響，吾且赴黃泉。』*

「這首和歌是皇子為了吟詠心中的遺憾而留下的作品。我們當麻語部就把歌詞編成了傳說，一代一代流傳下去。

「這位叫做耳面刀自的女子，是淡海公的妹妹，若要論起她跟小姐的關係，她應該是小姐的祖父南家太政大臣[33]的姑母。

「不過啊，人類的『執著』這東西真是很可怕啊。

「當初皇子被處死之前，上面降下了旨意，要用他的屍骨來鎮守大和國。因此決定等他死後，把他的屍體從河內國運到當麻路旁埋葬。皇子生前曾說，他將懷著輕鬆暢快的心情離去，不再對世間懷有絲毫怨恨；但他唯一放不下的，就是藤原四家當中容貌最美的那個女孩，那個叫做耳面刀自的女孩。直到現在，皇子雖已身赴黃泉，但他在地下的那雙眼睛，似乎仍然看得到她。如今小姐這種花樣年華，又沒有許配人家的女子，竟被他的力量帶到了當麻這地方來，想必是有什麼含意的。

「據說剛才的那首長歌，就是當初在當麻路邊建造墳墓時，皇子的靈魂附在一名年輕運石工身上唱出來的。」

或許，這位當麻的語部婆婆講故事的時候，腦中正在盤算如何嚇唬小姐吧。其實這時已是深夜人靜的時刻，草庵又在荒郊野外，就算沒有聽到老婆婆的故事，也夠令人寒毛聳立的。老婆婆雖是因為職業的習慣，一張開嘴自言自語起來，就沒法閉嘴，但誰知這個語部老婦是不是連自己心底暗藏的惡意都無從察覺呢？對一個長年孤寂地從事裝神弄鬼的職業的女人來說，嚇唬別人確實也能給她帶來某種優越感吧。

南家小姐出身名門貴族，從來不知懷疑他人。尤其這個老婆婆講的是語部自古流傳下來

---

33 南家太政大臣：指藤原武智麻呂（六八〇—七三七），他也是開創藤原南家的始祖，生前曾任右大臣、左大臣等要職。死後追贈太政大臣。耳面刀自是他的父親藤原不比等的妹妹。

的故事，小姐更是應該深信不疑。現在聽著老婦講述這段傳說時，小姐覺得每個字、每個句子都是真實的。

所以說，肯定就是那位故人前世未了的執念把自己帶引到這裡來的吧？不過，那個以往從沒見過的身影——看來貌似佛陀的尊貴面容，實在令人很難相信他就是那位故人。

那是在春分和秋分的彼岸中日[34]，夕陽即將西沉的時刻，雲層被陽光照耀得閃閃發光，她很清晰地看到那位尊貴的故人從雲層上方露出臉孔。他看起來一點都不像日本國內的男子，不過，說不定自己沒見過的日本男人當中，也有人長得像他那樣吧。他的頭上覆著濃密的金髮，雙腿盤成跏趺坐姿，髮絲從鬢角垂掛在白皙美麗但沒有衣服遮掩的右肩上。他的臉頰豐滿，鼻樑高聳，眉型清秀，眼皮像睡著了似的低低垂下，右手在胸前微微舉起，左手垂向腋下，豐滿的手掌向前展示……啊，雲層上的紅唇露出燦爛的微笑……那就是我看到的幻影。

或許陪侍在天皇身邊的貴人當中，也有人是那種長相吧？父親和兄長有時看到特別漂亮的女子，也會跟其他男人議論，可是，我總不能像他們那樣吧……

然而，當下的社會有個不能不遵守的規矩：身分尊貴的女子是不准跟身分卑賤的之人交談的。更重要的是，卑賤之人也聽不懂貴族的用語。不過，眼前這個專門講述陳年舊事的老婆婆，說不定她能聽懂貴族的用語吧？想到這裡，南家小姐略帶羞意地問道：

「坐在那裡的婦人，我問妳一件事。如果妳聽得懂我的話，請回答我。

「那位在飛鳥宮服侍天皇的貴人，他從前好像是罪人吧。可是他來到我的面前時，為什麼看起來既神聖又尊貴呢？」

南家小姐吞吞吐吐說出這幾話的同時，可能老婦已經明白了她的心意。這時，東方天空露出的微白曙光取代了室內昏暗的燈光，放置在屋中的物體，正在逐漸顯現朦朧的輪廓。

「請聽我向您解釋。上古的神話時代有個叫做天若日子的天神，就是那位因為把弓箭射向天上諸神而獲罪的天神。他後來雖然下凡到了人間，卻還是經常偷偷地鑽進貴族女子的深閨，跟女人談情說愛。現在大家所說的『天稚彥*』，就是指這位天神。

「這位天稚彥，在傳說或野史中都曾提到，不知小姐您是否聽過？」

語畢，老婦閉嘴不再說話。不一會兒，當她重新開口時，嘴裡發出一種非常愉悅開朗的聲音，跟她的容貌和年齡極不相襯。

34　彼岸中日：「彼岸」指春分或秋分的前後七天這段時期。彼岸中日即七天當中的那一天，也就是春分或秋分的當天。

「那位寫下短歌『數度遊磐余』用來表達自己對飛鳥宮仍然懷著執著的貴人，還有那位跟歷代藤原家掌上明珠糾纏不清的天若日子，以及外貌英俊又擅長音樂的天稚彥，這三位其實都是同一個人啊。

「懇請小姐務必留意。我們的故事就先說到這裡吧。」

說完，老婦像石頭似的一動也不動地坐在原處。寒夜雖然冷徹肌骨，但從朝陽射入屋中的瞬間起，四周便隨之升起幾分暖意。

萬法藏院建在緊靠山岩的位置，附近的村莊都離這裡很遠，所以周圍完全聽不到雞鳴報曉。但那些正在樹上沉睡的鳥兒好像已在準備飛離樹梢了，只聽山丘上的林木裡，傳來陣陣鳥兒振翅的聲音。

五

「我復活了。」

黑暗的空間裡，一種貌似光線的物質正在空中飄浮，看起來就像一道藍黑色的雲霧，繚繞飄渺。

他的周圍全是山岩，牆壁、地板、屋樑，都是岩石，就連身體也已變成了岩石。屋頂即是牆壁，牆壁也是地板。全都是岩石——他摸過來摸過去，手裡能摸到的，只有岩石。再伸手出去，手掌觸碰到更堅硬的岩石。接著又將腳伸向左右兩邊，感覺兩腳碰到的，是更寬闊的岩石表面。

山洞裡伸手不見五指，外面射來的微弱亮光好像全都被黑色岩石吸掉了。僅有一絲動靜——似乎是他摸索前進時在空氣裡攪起的微動。

「想起來啦！我究竟是誰——我知道了。

「是我！就是我。那個曾在大津宮為天皇效命，後來被召進飛鳥宮的我。滋賀津彥[35]！就是我啊。」

岩洞裡所有突出的稜角一起發出咆哮般的回音，好似對他的興奮激情做出回應。他已經站起來了，看起來就像一棵樹。只是，山洞裡並沒有明亮的光線足以讓人看清他的全身。而且他也沒有一具完整的肉身能在亮光下展露。他只是一棵枯樹，矗立在岩石小屋裡。

「我的名字，已經不再有人提起，就連我自己都忘了那個名字。已經很久很久了，連我都忘了自己是誰。我親愛的名字，就是滋賀津彥。對了，應該有人會把我的故事傳述下去的。譬如那些講述傳說故事的語部，應該已經有人在傳述我的故事了吧——為什麼我心裡覺得這麼孤寂？空虛的感覺像針似的扎得我心口隱隱作痛。

「我沒有食邑，沒有封戶*，沒人為我舉行祭典。對，就是因為這個理由，我才覺得這麼空虛，就像心裡被人挖開一個大洞似的感覺。我已成為故人，彷彿我從來不曾來過這個世界，擁有血肉之軀的現世之人早已把我遺忘。心無憐憫的母后[36]啊，我的妻子為我殉葬[37]，您視而不見。她為我生下的粟津子，已成了罪犯，現在不知身在何處，可能已經被野獸吃掉了吧？我可憐的妻子啊！悲慘的兒子啊！

「但這一切對我來說，也都不算什麼。最讓我受不了的，是我沒有留名。從混沌初開到來世終結，我離開現世之後，就消失得無影無蹤，跟那些百姓黎民一樣，我在現世就是一棵不留痕跡的小草。我不喜歡這樣，無論如何我也不願意這樣。

「毫無慈悲的母后，就算我在這裡向您乞求，可能您也不在這個世上了吧。

「可惡——我多想知道外面的世界啊，多想看看世間變成什麼樣了。

「所幸我的耳朵還聽得到聲音，只是雙眼卻什麼都看不見了。就連這雙耳朵，也已聽不懂世間的話語了。我的雙眼啊，在黑暗中一直閉得緊緊的雙眼，重新睜開啊，睜得大大的，讓我看清世間的景象……要不然就借我一雙鼴鼠的眼睛吧。」

四周再度陷入寂靜。剛才那段自語的聲音，只有他自己的耳朵才聽得到吧。

現實世界的靜謐在丑時[38]到達頂點，丑時一過，各種聲音立刻傳入耳中。四面的群山頂峰，似乎連月亮橫越天空的聲音都能聽到，樹葉毫無聲息地搖來晃去。接著，一道皓白的溪流逐漸在遠方的谷底現出身影。更遠的大和國內某處，響起了清晨的第一聲雞鳴。

---

35 滋賀津彥：即大津皇子。

36 此指天武天皇的皇后，即持統天皇，諡號高天原廣野姬天皇。

37 據《日本紀》記載，大津皇子被處死後，王妃山邊皇女（天智天皇的女兒）立即自殺殉情。

38 丑時：十二時辰之一，對應現代的時間是指凌晨一點至三點之間。

等到天空露出曙光時，村中的男人都會輕手輕腳地從女人的深閨鑽出來，然後行色匆匆地踏上歸途吧。月兒這時雖已即將西沉，天空卻像深夜一樣昏暗。每天的午夜兩點左右*，不論是村女或宮女，所有的女人都忙不迭地起床準備迎接清晨。不過，她們雖在破曉時刻暫時清醒，忙完之後，又會東倒西歪地靠在家具上重新走進夢鄉。

陣陣山風不斷吹來，枝葉摩擦發出的沙沙聲不時傳入耳中。但這些聲響也只是一時的動靜，轉眼之間，山中又再度恢復原本的沉寂。一切都顯得那麼晦暗，好似蒙上了一層陰影，看起來朦朦朧朧的。

岩洞裡越來越冷，瀰漫著沉重又黯淡的氣息。

「滴答、滴答。」水滴順著岩石表面的紋路滑落下來。

「耳面刀自，我沒有孩子了。我的孩子已經死了。在這繁華的塵世，我竟沒有留下一絲痕跡。妳給我生個孩子吧。生下我的孩子，一個能幫我留名於世的孩子。」

岩石鋪成的地板上，一個泛白的物體依舊橫躺在那裡，那正是他僵直不動的身體。唯有敏銳的感官已在他全裸的骸骨上恢復了生命。

這具屍骨還無法想起前塵往事，雖然覺得有些事令他掛心，但卻想不起究竟是什麼事。「耳面刀自」這個名字，肯定曾在他心底留下了比記憶更深的痕跡。他那顆尚未清醒的心，連自己的名字都想不起來，卻記得這個名字，猶如這幾個字早已滲入骨髓，深深地銘刻在那顆乾癟的心裡。

§

萬法藏院的晨鐘響了。拂曉的晨光中，鐘聲響遍四方，就像在安撫大家被攪亂的心情。東方的天空先在瞬間泛起銀白，接著，微暗的黎明再度陷入寂寥。

晨風靜靜地吹著，似乎連小草隨風搖曳的沙沙聲都能聽到，藤原南家小姐始終一動也不動地坐著，好似深怕打擾了和緩的晨風。

草庵裡的光線比夜間更暗了，就連明王雕像的位置都無法看清。

這時，突然從山間吹來一股晨風，吹熄了佛前的長明燈。那個當麻語部的老婦大概仍然蜷縮在暗處吧？只是南家小姐又忘了她還在屋中。

這時，門上傳來一陣推門聲。一下，兩下，三下，接著又連續推了好幾下，聲音越來越響，動作越來越猛，等到推門的力道幾乎要把門軸都扯斷時，門外傳來一陣雞鳴。那個推門的人突然不見了。

§

如今，人們從那些語部成員的嘴裡再也聽不到新的故事了。不過，為了讓這位固執的當麻語部婆婆如願，我們不妨就把去年到現在發生的故事向讀者敘述一遍吧。說起來，這個故事還是在昨天拉開序幕的呢。

六

剛踏進山門，一陣清風忽然從松林的樹梢吹過。風聲沙沙作響，似乎立即就會撲面而來。

前方一百多公尺之外的地上聳立著一座宏偉高大的佛殿。山門到殿前的這段路上鋪滿砂石，雪白的地面散落著許多青綠的闊葉，都是從厚樸樹上掉下來的。

寺院正對面的遠處矗立著一座大山，叫做二上山。山體的正下方還有一座橫長的山丘，貌似臥佛橫躺在地，叫做麻呂子山。這座山丘的頂端只比寺院講堂的屋頂高一點，看起來就像架在佛殿的屋脊上面似的。

站在山門內的這名女子，當然不可能知曉這些山丘與寺院的相關訊息，但是當她看到前方的山巒時，她那機敏的心中立即升起一種似曾相識的感覺。好一會兒，她就一直站在那裡，抬頭仰望四周的淺綠山嶺，然後才把視線轉向那座紅漆閃亮的建築物。

四五天之前，這座寺院才剛辦完慶祝寺院落成的法會。直到現在，山腳下的村民好像還能感受到那天的興奮與熱鬧。

萬法藏院原本位於荒草叢生的山麓斜坡，山上經常刮來猛烈的山風，把寺中的佛燈吹得忽明忽暗。不過附近村民早已對這種現象見怪不怪，說不定他們現在還覺得寺院環境變好了反而令人不習慣呢。據說慶祝落成的法會那天，一位祖上幾代都在奈良定居的貴族家主人也來了；因為他家有一座莊園就在附近。也不知他是被天竺的狐狸作法召來的？還是代代都在葛城郡活動的巫師施了什麼法術？總之貴人是來了，還帶了隨身服侍的僕役，但那些下人卻不知為何對這座極其莊嚴的建築露出反感的態度。據說他們當天故意在走廊踏出巨響，有些人還故意用力捶打佛殿的屋柱。

寺院的境內原本只有一座草庵，但在幾年前的初春，寺院人員燃燒野火時，火勢一發不可收拾，最後竟把草庵燒得一乾二淨。那次小意外雖曾引起村民一時的注意，卻沒有一個人還記得這裡曾是瑰麗的聖地，更沒人記得當初創建這座寺院的經過，因為那已是很久很久以前的古代發生的事情了。

其實從前在這個村裡，有些剛懂事的孩子也曾對寺院的名稱提出疑問。因為這裡明明是當麻村，寺院的名字卻叫做山田寺。原來，當初寺院是從山後方的河內國安宿部郡山田谷遷移到這裡來的。時間過得飛快，兩百年在眨眼之間就過去了，現在這裡已淪為無人問津的修行道場。但從前作為俱舍宗[39]寺院的那段日子，這裡也曾有過一番香火鼎盛的榮景。

之後，由於飛鳥宮的一位貴人夢到了這座寺院供奉的主佛，所以派他的兒子到此處擴建佛殿，增派僧侶。只是誰也沒有料到，就在寺院境內的地基工程快要完成時，年輕的貴人卻突然去世了。或許這裡的風水原就註定要把「麻呂子[40]」招來吧。不久，皇宮那邊也傳下了旨意：「如此甚好，就把貴人的墳墓建在那個村裡吧。」據說那位皇子的墳墓就在前面那座麻呂子山上。「麻呂子」的發音跟「吾子」相同。「吾子」就是「我的兒子」之意，但這個詞語只有尊貴的皇族才准使用。只是，誰又能料到，後來也是因為這層意思，另一位貴人也被埋在這座山上。

這個傳說在從前雖曾廣為流傳，現在幾乎已經無人提起，因為這個故事實在太古老了，現在只有這個村落的語部婆婆還會向後人講述。然而，雖說是發生在百年之前的故事，其實這段時光也不算太長。但因這裡的村民過的是跟文字無緣的生活，所以難免覺得這個故事是

39　俱舍宗：漢傳佛教的十三宗之一，也是日本奈良時代在平城京（奈良）興起的南都六宗之一。「六宗」是指：華嚴宗、律宗、三論宗、法相宗、成實宗與俱舍宗。南都六宗的僧侶大部分兼學二宗，所以一座寺院裡經常各宗僧侶同時並存。

40　麻呂子：指麻呂子皇子，正式稱呼為「當麻皇子」。他是用明天皇的第三皇子，也是聖德太子之弟。相傳當麻寺就是當麻皇子創建，他也是當麻氏的始祖。

發生在遠古時代的古老傳說。

站在佛殿前的年輕女性旅人，身上穿一件寬大的衣袍，上面印染著各種美麗的大型花紋。頭上戴著一頂窄簷斗笠，深藍的覆布從帽頂垂下，遮住了她的後頸。

這時正是仲春時節，雨過天青的清晨，天空顯得特別晴朗。建在高原上的這座寺院距離村民聚居的地點相當遙遠。寺院裡約有上百名僧侶和工作人員，但最近連續舉行了各種祭典，大家都累壞了，因此今天雖已到了日上三竿的時刻，卻還沒看到一個人影。

寺院建築在陽光下閃著金光，女人繞過佛殿繼續向前走去。麻呂子山下向東分出一條細長的丘陵，一直延伸到寺院南邊，丘陵盡頭就是寺院的大門。丘陵的山腰跟東端分別建立兩座佛塔，就是西塔和東塔。山丘上有一條順著山勢修建的曲折小徑，女人拾級而上，不一會兒，就來到東塔的塔底。

前方就是大和國的原野，只見地面上方籠罩著雨後的溼氣，看起來那麼清新純淨。大地在上午十點的陽光照耀下，構成一幅閃亮耀眼的景致。靠左方的山下可以看到幾道緊密相連的丘陵，叫做片岡山，一條大河從山間朝著略微偏北的方向奔流而去，那就是葛城川。遠處的平原正中央有一座小山，看起來像個斗笠覆蓋在地上，這座山叫做耳無山。矗立在右邊的墨綠色山巒，叫做畝傍山。更遠的前方，有一片被陽光照得閃閃發亮的水面，大概就是埴安池吧。東側有座低矮的山丘，可能就是她從前聽說過的香具山。這個全身旅人打扮的女子轉動著目光，把那些山峰一座一座輪流打量了一番。啊！那就是天下聞名的香具山吧？腦中閃過這個想法的同時，她才意識到這裡就是藤原氏的本籍地*。她父母年輕的時候在這裡長大，叔父、姑母，以及其他的族人往返老家時，也都會從這座山峰下面經過。

她忍不住踮起腳尖眺望遠方，儘管心裡明白這樣也不能看到更遠的地方。

香具山南側的山腳下有一座瓦頂閃亮的建築，應該就是大官大寺[41]吧。再往正南的方向望去，山巒之間有一層薄薄的雲霧，那裡大概就是飛鳥村。父親的父親，母親的母親，還有他們的父母，全家幾代人都曾在那裡生活吧。我生為這片鄉土的女子，活在這個女子足不出戶為美德的時代，至今都沒有踏上過父母的故鄉、祖先的故土。真想用自己的雙腳在那片霧藹繚繞的平原上踏遍每個角落啊。

女子腦中閃過一連串想法。不過，眼前比這些想法更重要的是，她——這位貴族家的千金，昨天黃昏就離開了奈良的府第，一路步行來到這裡。而且，一路上只有她自己一個人。

---

41 大官大寺：《日本書紀》記載，舒明天皇在百濟川畔建立百濟宮與百濟大寺，天武二年（西元六七三年）百濟大寺遷到高市郡，改名「高市大官寺」，亦稱「大官大寺」，位置在香具山與飛鳥神社的中間。大官大寺後來遷移到平城京，改名為「大安寺」。

從家裡出來的時候，她心裡確實掠過一抹不安——萬一父親知道了這件事，不知會如何反應？這個疑問雖令她有所顧慮，但她現在已經不在乎了。乳母大概正急得到處找我吧？女人心底升起這個疑問的瞬間，只覺得有點可笑。

放眼望去，四面群山聳立，前方則是一片地勢平緩的原野。身處在這片青山綠野之中，我還有什麼好煩惱的？想到這裡，這位身分尊貴的千金小姐便轉過身，開始朝斜坡上方走去，走著走著，她忍不住抬頭遠眺前方的山巔。

二上山，啊！仰望著這座山峰時，女人心底不自覺地湧起一陣難以形容的激動——跟她剛才眺望藤原、飛鳥的村落與山巒時的悸動完全不同。這位身在旅途的貴族千金，目不轉睛地凝視著眼前的山峰，深切地感受到一種心中充滿寧靜時帶來的滿足感。作風守舊的她並不懂得如何精準地形容這種感覺。如果要打個比喻來形容的話——剛才在平原的村落裡感受到的喜悅，有點像面對前世的感覺；而現在瞻仰這座高山所感到的驚喜，則像期盼來世的興奮。東塔四周跟以往一樣，禁止閒人踏進一步，而且周圍都用木頭搭成的柵欄團團圍住。但這位貴族千金從來都不知自己應該拘泥小節，所以等到她冷靜下來一看，才發現自己不知何時已經跨過塔身周圍的第一層欄杆。

她十分專注地凝視著二上山，好像瞳孔已被山峰吸走了似的緊盯前方，腦中反覆思考著這座山與自己之間的深遠淵源。

小姐家的府邸位於奈良東城的右京三條第三坊*，祖父武智麻呂[42]在這座大宅去世後，父親豐成[43]搬進來居住。時光如梭，轉眼之間，小姐全家已在這座大宅裡生活了數年。正值壯年的父親是個崇尚華美、標新立異的男人，就連掛在身上的大刀，他也要弄得與眾不同。一般人都是豎著掛在腰上的佩刀，他硬是想出把佩刀橫插腰間的作風，並因此獲得了「橫佩大將軍」的稱號。當時新都城奈良的居民對於官吏的這種奢華裝扮並沒有好感，但她父親卻對流行時尚十分關注。不過，每當老一輩的留學生[44]或剛從唐土歸化日本的僧侶到家中拜訪時，大家請教他對張文成[45]等人的小說新作有什麼看法，他的表現卻跟他對服飾的態度截然不同。

42　武智麻呂（六八〇—七三七）：藤原武智麻呂，藤原不比等的兒子，藤原氏始祖藤原鎌足的孫子，也是藤原南家的始祖。耳面刀自即是藤原不比等的妹妹，也就是武智麻呂的姑母。

43　藤原豐成（七〇四—七六五）：藤原武智麻呂的長子，官位最高做到從一位右大臣。晚年因受政變連累，被削去右大臣官位，貶為太宰員外帥。後因心中不服，拒絕前往筑紫赴任，並稱病躲在難波的別墅內。

44　留學生：跟隨遣唐使前往唐朝學習大唐文化與宗教的留學生。

45　張文成（六六〇—七四〇）：本名張鷟，字文成，號浮休子，別名青錢學士。唐代的文學家、小說家，曾在唐高宗與武后的時代擔任大臣。著有《遊仙窟》、《朝野僉載》、《龍筋鳳髓判》。

小姐的父親不像別人那樣急於吸收唐土文化，他只想讓自己那顆不受拘束的大和心*任意翱翔。但他卻沒有發現，自己有個一個精通唐土文化的同胞兄弟，而且這個兄弟已經逐漸超越了自己。那個人就是小姐的叔父——對豐成來說，也就是排行在他下面的弟弟仲麻呂[46]。

小姐的父親現在人在筑紫[47]，至少包括小姐在內的家人，都深信他是在筑紫。為了讓這位太宰帥[48]在外地的生活看起來光耀輝煌，他把大部分的家人都帶走了。此外，他還有朝廷賞賜的僕役和護衛，這些人都是大貴族彰顯崇高門第的象徵，所以每個人都穿著光鮮華美的服飾，跟著主人一起去赴任。也因此，這一年到了新葉發芽的初夏，奈良府裡卻顯得比往年更為冷清。

整座幽靜的宅邸裡，經常聽不到一點聲音。小姐家跟當時的一般家庭一樣，把女孩的閨房安置在太陽晒不到的北邊。房間的西側有一扇叫做「蔀戶[49]」的木格小窗，只要把窗板向上拉起，這個位置就會出現一個三尺見方的窗口。但在窗口內側，卻是整年不分冬夏永遠垂著一片竹簾，目的是為了在窗戶打開時，避免閒人從外部窺見室內。

主屋的周圍有一圈空地，正好把宅邸團團圍住。這些空地的面積十分寬闊，大廚房就設在這裡，旁邊還有警衛平時點燃火把的地方，以及僕役的宿舍。從小姐閨房的窗口向外望去，唯一能夠看到的景色，就是一座叫做「菜苑」的菜圃，還有一座種著幾棵果樹的果園。

武智麻呂在世的時候，世間習慣把這座府邸叫做「南家」。最近因為仲麻呂的權勢日增，大家也就不太提它從前的名稱，而另外給它取了一個新的名字。由於這座大豪宅位於三條大路的第三坊，整整佔據一個規畫區的一條街——所以大家就把這座宅第叫做「横佩大院」。

小姐的父親前往太宰府赴任後，很久都沒有任何消息，小姐後來才知道，父親不知何時已從外地返回京城，現在住在離京城不遠的難波。至於筑紫那邊的公務，則由身為太宰帥的父親在難波進行遠端遙控。不久前，父親那邊派人送來滿滿一大車土產，說要分贈給留守老家的家眷，父親還特別交代，其中幾樣禮物是給小姐的。

---

46 藤原仲麻呂（七〇六—七六四）：藤原武智麻呂的次子，藤原豐成的弟弟，藤原南家小姐的叔父。豐成退出政壇後，仲麻呂深獲姑母光明皇后的信賴，逐漸受到朝廷重用。淳仁天皇時代改名為「藤原惠美押勝」，別號惠美大臣。

47 筑紫：地名，即日本九州的太宰府，飛鳥時代的筑紫是日本的外交與軍事重地。

48 太宰帥：朝廷派駐太宰府的最高長官。

49 蔀戶：一種上下開合的木窗，平安時代的宮殿建築大多採用這種窗戶。使用時向外拉起窗板，用鉤子或繩子固定在牆上。

大和國位於山區，國內的平原面積很小。前面幾代天皇經歷過一段漫長的遷都歲月，直到最近這五十年，都城的地點才總算落腳在奈良京。只是，這座新都城的城市建設卻一直跟不上進度。

這時的京城市區裡，除了外觀宏偉的公家機構和大寺院之外，還有許多任意亂建的貴族豪宅，而在這些高大的房舍之間，則隨處擠滿各式各樣的木屋或瓦房。只要離開這種建築密集區一步，其他地方就只能看到寬闊的水田或旱田，還有面積大得驚人的空地。那些荒蕪的土地上，除了少許無人問津的墳墓與石堆之外，什麼都沒有。路上的行人幾乎天天都能看到兔子、狐狸在大街小巷隨意奔跑。最近甚至有人發現，每天晚上都在朱雀大街的路樹枝頭看到飛鼠跳來跳去，後來這消息還在社會上引起一陣騷動。

也就是在這段時間，橫佩家小姐開始動手抄寫《稱讚淨土佛攝受經》[50]。這是《阿彌陀經》一卷的新譯本，也是父親為女兒精心準備的眾多禮物之一。而在所有的禮物當中，小姐最喜歡的就是這部佛經。

在大和國的版圖上，這個山區之國的首都位置顯得過於過於偏東，反而是太宰府的風氣比奈良京開放得多。當時從大陸經由海運送來的新文物，全都在太宰府這個遙遠的皇家領地上岸，然後才送往京城。許多從唐土運來的書籍都被留在太宰府，根本到不了京城。也因此，有些剛開始沉醉於學術或藝術的有志人士，雖不敢奢望將來能夠前往大唐深造，但卻在心底立定志向，期待被朝廷派到筑紫的太宰府任職。

南家小姐得到的這部《稱讚淨土經》非常珍貴，就連號稱大和國全國最大的寺院，也從沒獲得一部。

小姐有時會把書桌搬到蔀戶旁，坐在那裡抄寫經文。每天到了深夜，侍女們都睡著了，小姐仍然坐在燈下，專心一意地揮筆書寫。

眨眼之間，一百部經文如願抄完了。小姐接著又發願再抄一千部經文。時間過得很快，冬天過去，春天降臨，不久，春日山上已呈現一片林木繁茂的夏日景象。緊接著，又到了黃葉飄落的秋天，白天在菜苑裡也能聽到蟋蟀的叫聲。然後，佐保川的河水被引進庭院的池塘裡，從這一刻起，幾乎天天都能聽到千鳥站在水邊啼叫。

過了幾天，小丫嬛來向小姐報告：「今天早上地面結了很厚的霜，水池裡也不知從哪兒飛來一對鴛鴦正在戲水呢。」

---

50 《稱讚淨土佛攝受經》：唐代的玄奘法師翻譯的《阿彌陀經》，共一卷，西元六五〇年完成，簡稱《稱讚淨土經》。一般認為這部譯本比鳩摩羅什翻譯的《佛說阿彌陀經》更為詳盡。

小姐抄完五百部經文的時候，臉色明顯變得十分憔悴。雖然每天睡眠的時間很短，她的神智卻異常清醒。等到抄完八百部經文的時候，小姐的身體看起來有些衰弱，健康狀況倒還算穩定。她頭上略顯纖細的髮絲在蒼白肌膚的襯托下，變得更加黑亮。

第八百八十部、第九百部也抄完了。小姐這時變得不喜歡說話，甚至也懶得跟侍女交談。身邊的人都發現，小姐在白天也像做夢似的，睜著一雙茫然的眼神，痴迷地望著蔀戶外的西方天空。

事實上，抄完九百部經文之後，小姐抄寫的速度忽然停滯下來。然後，最後的二十部、三十部、五十部也抄完了……那些特別關心小姐的女侍都對自己不識字深感悲哀，因為她們真的希望自己能為小姐分擔些許煩惱。

也就是在這時，有個消息開始在京城內外四處傳播：南家小姐馬上就要被天皇召進皇宮了。府裡的每個人，上至主人身邊的隨從與侍女，下至住在庭院一角的僕役與奴婢，人人都神采奕奕地談論著這個消息，但卻沒有一個人去向小姐報告。因為小姐這段時期看起來心情很差，整天都是心不在焉的模樣。

於是就有人猜測，小姐當初之所以發願抄寫千部經文，就是為了達成進宮的宏願吧。對於這種臆測，似乎也沒人能夠否定。

南家小姐的美麗肌膚看起來更白皙了，溼亮的雙眼顯得更大更黑了。她經常大聲誦讀經文，那聲音清朗悅耳，很難用言語形容，所有聽過她誦經的人都會產生一種不可思議的感覺。

之後，到了去年的春分。那天的黃昏，小姐面向西方端端正正地跪在地上，逐漸西沉的陽光從正前方照射在她身上。夕陽在宅邸的西南方天空逐漸落入遠山的頂峰背面。就在這時，掛在西方天際的幾道紫色層雲突然射出霞光萬丈，才一眨眼工夫，夕陽迅速向下滑落，速度快得驚人，層雲瞬間變成一團火焰。太陽像個金球似的開始飛速轉動，速度快得好像都能聽到聲音。忽然，層雲底部向上吹起一陣閃著藍光的清風。小姐專注地凝視著那團藍光。不一會兒，所有的亮光一齊慢慢地轉暗，天空裡的雲霞也已散去。黃昏的微暗中，遠方的天空出現一座高大的山影，山巒的輪廓鮮明得令人難以置信。是二上山！此時此刻，就在兩座山峰之間，那位莊嚴的尊者*幻影突然活靈活現地顯現出來，接著又很快地消失了蹤影，天空立刻陷入黑暗。小姐一直坐在那裡，目光緊盯著那座山和沒有一片雲的天空。

打從那一刻起，小姐的心境越發清澄明澈，也越來越喜歡獨享孤寂。

半年之後，令人驚喜的日子再度降臨，小姐心裡感到萬分欣喜。那天是秋季的彼岸中日。黃昏時，小姐又像上次春分那天一樣，獨自靜坐窗前。這天從一早開始，她那蒼白的太陽穴總是無緣無故地跳個不停。現在，漫長的一天過去了，她看到籠罩在二上山主峰的雲層之上，秋分的夕陽正在散放令人眩目的熾熱光芒。天空裡的雲彩全都變成了火焰，燃燒的太陽像一面八尺鏡[51]*。接著，狂風驟然吹起，把空中的藍光吹成無數碎片……

雲霞也消散了，夕陽滑落到二上山的背面。山峰的輪廓襯著陽光，彷彿鑲上一道纖細的金邊。就在這時，男岳與女岳之間的上空，那位尊者又浮現出來，他的頭髮、腦袋、肩膀、胸膛，都能看得那麼清晰……

她又看到了那個幻影。

這種能讓南家小姐感到幸福的喜訊，第二年春天再度乘著春風降臨。早在一個月之前，小姐心中就已感受到某種特別的悸動。她開始扳著手指算日子，熱切期盼那一天來臨。而今天就是那一天，剛好是彼岸中日的春分，一早起來，天氣晴朗無比。雲雀展翅飛過天空，藍天裡的白雲飄忽繚繞，彷彿不願離去。小姐已經抄完九百九十九部經文，第一千部也已開始抄寫。

這個春天，每天從早到晚都很暖和。小姐抄完經卷最後一行的最後一個字之後，卸下心頭的重擔，她不禁嘆了口氣。就在這時，四周的光線突然變暗了。小姐抬眼望向蔀戶外面，卻聽到一陣「滴滴答答」的聲音傳來。她起身伸手拉開竹簾。

下雨了。

菜苑裡的青菜已被淋溼，地上的泥土變成了黑色。不一會兒，瓦頂上也傳來了雨滴聲。

小姐既焦躁又煩悶，顯得有些坐立不安。天色越來越昏暗。夕陽西沉之後，黑夜降臨大地。

小姐雙眼發直地坐在那裡，人聲、雨聲，還有越吹越猛的風聲，她都聽不到了

51　八尺鏡：日本神話中的三種神器之一，代表「正直」。

七

就是在這天夜裡，南家小姐遭遇了神隱[52]。可是小姐的家裡卻沒發現這件事，直到第二天清晨，空中的雲霧散去，群山露出清晰的身影時，大家才發現小姐不見了。

所有住在橫佩大院的主僕都被嚇得驚惶失措，他們立刻派人到都城內外尋找小姐的下落。

只要聽說哪裡發現了走失的人口，家人們便一處也不敢遺漏地前去探訪，就連春日山[53]的深山野林、伊賀地區的偏遠角落，幾乎全被小姐家派出的奴僕踏遍了。後來甚至連高圓山墳場、佐紀的沼澤地和雜木林，還有都城南邊的山村，北邊能夠望見奈良山與泉川的地方，也都派人找過了，但始終沒有找到任何線索。

小姐到底去了哪些地方？她的腦中完全沒有任何記憶。離開家門之後，她只知道自己必

52 神隱：突然下落不明的意思。古代的日本民間深信，失蹤者是被山神或天狗施了法術才會突然不見的。

53 春日山：平城京（奈良）東部地區統稱「春日」，這裡有許多山峰，如若草山、春日山、高圓山等，統稱為春日山。南家小姐住在左京（東城），「春日山」即指她家向東望見的群山。

須向西前進。走到半途，一陣狂風暴雨迎面撲來，把小姐的衣衫都淋溼了。她雖不曾向誰學過，卻知道拉起衣襬，露出兩個腳踝。狂風吹亂小姐頭上的髮絲，她便不自覺地把長髮挽成髮髻，塞進衣襟。到了半夜的時候，風雨暫歇，天空裡布滿閃亮的星星。

小姐一路向前疾行，那座由兩個山峰組成的大山始終輪廓鮮明地矗立在她前方。沿途偶爾會聽到令人毛骨悚然的恐怖聲響，有時還聽到鳥雀的鳴聲，以及山中不斷傳來的野獸嘶吼。不久，她來到離京城較遠的廣瀨、葛城一帶。這裡雖然也算大和國境內，卻像被世人遺忘了似的看不到一個人影，只有山坡的背陰處住著幾戶人家，其他的地方只能看到荒野——距離有人的村莊非常遙遠，不但田地無人照看，地上種的也是不合時令的作物。

一輪半月已從天邊升起。半圓月的照耀下，小姐走過的路邊景象看起來格外恐怖。但是路面至少能藉著微弱的月光看清，總比只靠星光照亮更令人安心。小姐的兩腳不停地向前邁進。月亮還沒升到中天之前，東方的天空已開始微微泛白。

天色漸亮的黎明來臨時，小姐看到了令她難以置信的景象——橫佩家的侍女總是在清晨起床後，用她們第一眼看到的事物來預卜一天的運氣。小姐平時雖然沒有特別留意這種事，但她知道侍女們有這種習慣，有些人一早起來就嚷著：「今天早晨一睜眼就看到了喜事。」「真是觸霉頭的清早第一眼。」有些人因而激動興奮，有些人則因此陷入憂鬱。

§

小姐終於有生以來第一次深刻體會到「晨起見喜」這句話的含意了。眼前這扇被陽光照得閃閃發亮的紅漆門扉，不就是寺院的大門嗎？越過大門向院內望去，她看到了寺院的中門，同樣也塗著閃亮耀眼的紅漆。

中門裡面靠近寺院深處的位置，可以看到經堂、佛塔和伽藍[54]分別建在山腳的坡地上。天空裡的層雲迤邐堆疊，閃著紅光、藍光和金光的雲彩厚厚地堆了好幾層。而更重要的是，讓小姐留下「晨起見喜」印象的，還不只是天上的雲彩，因為這時在遠處那片閃亮孤寂的海面上，她看到了巍然聳立的二上山。

小姐的父親藤原南家豐成是淡海公的孫子，大織冠的曾孫，也是現在的藤原氏族長兼太宰帥，小姐是豐成的長女，從小養尊處優，嬌生慣養，不僅從未踏出過府第的大門一步，就連閨房也很少離開。如果順遂地按照出身安排未來的話，小姐應該已在河內國枚岡神社*或春日大社*擔任侍奉神明的巫女了。這兩座神社裡供奉的都是藤原家的氏神。平日在家的時

54 伽藍：佛教僧侶聚居修行的清淨場所。

候，任何男人都禁止靠近小姐身邊，小姐不能聽到男人的聲音，更不能與男人對視，每天從早到晚，她只能在昏暗的閨房裡起居坐臥。對於世間的俗事，小姐從小就被教導必須「非禮勿視，非禮勿聽」。

不過小姐倒是聽人說過，奈良的京城內外有幾座清靜的寺院，面積比人人稱讚的「橫佩大院」還要寬闊得多。她雖不曾親耳聽到別人讚美，也在經卷裡讀過有關淨土建築的描述，所以不難想像寺院殿宇的莊嚴外觀。然而，現在呈現在眼前的這幅肅穆的佛殿景象，不禁令她連著倒吸了幾口冷氣。其實，類似這種震驚的感覺，她從前也曾經驗過一次。小姐這時不由自主地想起了往事。當時那種簡樸與奢華的差距所帶來的驚喜，一直在她心底留下深刻的印象。

那時，現在的太上皇[55]還在宮中執掌大權，當時八歲的藤原南家小姐第一次以童女[56]身分入宮朝見天顏。皇宮裡燈火通明，看起來既威嚴又華麗，燈火的燃料似乎還不時飄出陣陣幽香。雖說那時仍是白天，天皇的居室卻像夜間一般明亮。聖上的聲音清澈響亮，就像無數珠玉落入玉盤一般。照理說才八歲的童女應該還不懂人情世故，不料南家小姐當時竟感動得哭泣起來。

「南家這個寶貝孩子可惜生成了女兒。」這是天皇對南家小姐的看法。小姐入宮拜謁後的一段日子裡，許多貴族都在流傳天皇對小姐的評語。一眨眼，十二年過去了。南家小姐今年已經二十歲。社會上關於她的流言越來越多，大家都認為她還是跟小時候一樣聰明，而且天生玉潔冰清的美貌也越來越動人了。

小姐跨過寺院大門的門檻時，腦中浮起當年身為童女的自己入宮拜謁天皇時心底升起的那種敬畏。從寺院大門通往中門的這段路，沿途沒看到任何人，只有她獨自一人穿過石板小徑。小姐出身豪門貴族，一向不知恐懼為何物，但她現在卻生出滿心的虔敬，每經過一座佛殿，她就必恭必敬地上前膜拜一番，最後終於來到山坡上的東塔底下。

她現在佇足的位置看不見大和國北部平原。就算是站在能夠看見都城的地點，想必奈良府邸的身影也不會出現在她腦中吧。小姐肯定做夢都無法想像，家裡那些人為了尋找神隱的小姐，早已累得精疲力竭。此時此刻，唯一能令小姐專注的事，就是從東塔下方仰望二上山，再三嘗試在山峰頂端瞻仰世俗之眼看不見的尊者幻影吧。

---

55 此處指孝謙天皇（七一八—七七〇），第四十六代與第四十八代天皇。是日本歷史上的第六位女性天皇，母親為藤原氏出身的光明皇后。

56 童女：當時的貴族子弟即使沒有官位，少年時期也被允許進宮晉見天皇，這項活動叫做「童子上殿」或「童女上殿」。

不久，寺院裡出來四處活動的僧眾越來越多。早課時一直打瞌睡的僧侶，這時也睜著清醒的雙眼向山下的齋堂走去。奴僕們為了清掃自己負責的範圍，分別來到境內已被昨夜的雨水沖刷一淨的砂石地。

「站在那邊的人，妳是誰啊？」

這時，一個打雜的僕役從山坡背後小心翼翼地伸出腦袋問道。聽那語氣，似乎看到了不該看到的景象。因為他看到身為女子的小姐，竟然闖進了女人禁地的結界之內。小姐沒有開口回答。就算她想要回應，她也不知自己這種貴族身分的千金小姐在這種場合應該如何措詞。

更何況，就算她知道怎麼表達，但她現在心中充滿千絲萬縷的各種想法，根本無心開口說話。

小姐兀自凝視著二上山，她的視線依然停留在山腹那個幻影曾經出現的位置。寺院的僕役沒再繼續追問。因為小姐雖然經過整夜顛簸，容顏顯得非常憔悴，但是旁人只要看她身上的服裝，應該就能判斷她的身分。不一會兒，只聽一陣「啪噠、啪噠」的腳步聲傳來，接著就有四五個僧侶從山下跑上來。有年老的，也有年輕的，各自踏著紛亂的腳步跑到圍繞在東塔周圍的竹牆*外停下來。

「請妳從裡面出來。這裡是連男人都不准進去的禁地，妳一個女人家，趕快出來！」

小姐聽到僧侶的提醒，這才意識到自己的處境。於是，這位從不與人爭論的貴族小姐拖著沉重的腳步走到竹欄旁邊。

「您大概是奈良的貴人吧。為什麼到我們這裡來了？」

「還有，既然來到這裡，為什麼連個隨從都沒帶？」

幾個男人不約而同發出一連串疑問。儘管他們的語氣裡充滿責難，其實眾人都很想安慰一下這位身分尊貴的女子。

「我來拜山……」

小姐只說了一句話。事先並沒想好的這句說詞，竟像一陣輕煙似的從她嘴裡冒了出來。貴族家庭的日常用語跟平民百姓在家使用的詞彙是完全不一樣的。所以小姐的表達方式、給人的感覺，甚至包括她使用的字句，寺院裡那些僧侶應該是一句也聽不懂的。

不過，這樣也有好處。因為從她嘴裡說出的話語，若被僧侶們聽懂了，大家一定會認為南家小姐是個瘋女人吧。

「請問您家公館在哪裡？」

「公館……」

「府上在……」

「府上……」

「就是問您的家在哪裡……」

「啊，是問我家。我家是右京藤原南家……」

小姐剛說完，周圍的人群立即掀起一陣騷動。剛才原本只有四五位僧侶過來，後來又不斷有人爬上山坡，這時已有二十多人擠在一旁圍觀。眾人聽了小姐的話，都忙著七嘴八舌地發表意見。

這時已是上午十一點左右，昨夜的暴風雨似乎還沒完全離去，陽光雖然非常耀眼，沙沙的風聲依然一陣接著一陣地傳入耳中。寺院大門前方的山丘，還有山坡下的谷底，以及幾座跟二上山連綿相接的山巒，到處都能看到零星的白點忽隱忽現。原來是櫻花樹正在隨風搖曳。靠寺院這邊山丘上的彼岸櫻也已經盛開了。

與此同時，奈良府裡的家人腦中也不約而同浮起一種想法：說不定，小姐是去春遊*了吧，就像村裡的姑娘每年春分總是結伴出遊一樣——這是一種民間習俗，不知是從什麼時候開始的。據說每年到了春分和秋分，這兩天的晝夜長短相同，平民百姓都到戶外追著太陽的腳步進行各種活動。許多女孩在這兩天穿過深山，越過海濱，從早到晚跟著太陽的影子在田野中行走，一直走到晚上，才精疲力竭地踏上歸途。或許小姐在無意中聽到家中其他女人談起這個習俗，所以想跟其他女人一樣，也到戶外野遊一番吧。奈良府中的眾人想到了這種可能，雖然明知這種想法不切實際，卻也暫時放下了心中的大石。

這一天的時間過得很快，轉眼之間就到了下午兩點，眼看著夕陽西下的時刻就要來臨。昨天雖是春分的正日，日落的景色並不理想，但今天的夕陽卻那麼華麗輝煌，絲毫不比彼岸中日遜色。橫佩家眾人的心情再度陷入沉重的氛圍。

八

今天在奈良的都城裡，偶爾還能看到一些四周全用石牆圍繞起來的住宅。這種石塊砌成的圍牆，叫做「石城」。不過朝廷早已屢屢頒布太政官符[57]，嚴禁居民在自家住宅的周圍建造石城，所以現在都城裡除了皇宮以外，除非是極為偏僻的地區，其他地方已經看不到石城圍繞的豪族*宅邸了。

造成這種現象的原因之一，是因為一千數百年*之中，皇位經過幾番輪替，政權中心隨著皇位更迭而數度遷移*。就拿飛鳥京來說，皇宮就曾在這座城裡的幾個町之間搬過來搬過去。好在皇宮雖然多次搬遷，圍繞在皇宮周圍的山川地理並沒有改變。當時雖然沒有「遷都」這個詞語，但是每次皇宮換個地點，城內的土地開發也隨之重新規畫，所以在不知不覺中，奈良京便具備了首都本該擁有的模樣。這座都城經歷了幾個天皇的治理之後，城裡那些

57 太政官符：「太政官符」是太政官發給下屬的公文書。「太政官」是日本律令制度下執掌國家司法、行政、立法大權的最高國家機構。

舊貴族的宅邸也漸漸修建成一座一座大豪宅。

就拿前朝的權臣蘇我臣[58]*來說，他家的老宅原本是在葛城，但每次皇宮搬遷，他家都會跟著天皇一起擴建府邸。所以蘇我氏在飛鳥京的住宅佔地也越來越大，還在宅邸周圍建了幾道高大石城保護院內的建築。經過數次擴建之後，蘇我家的住宅幾乎建成了足以流傳千秋萬世的大豪宅。其他的貴族看到蘇我家的前例，便也有樣學樣，不論門第高低，全都跟蘇我氏一樣，也在自家周圍築起石城。

但從蘇我臣一門當中權位最高的島大臣[59]家衰敗之後，朝廷便頒下了禁令，不准臣子在住宅周圍建造石城。

日本這個國家原本是由天神創造的，自古以來，凡是從宮中口頭傳下的神明旨意，從來不曾有人膽敢違抗。但是用文字頒布的神諭，則不管來自哪位神明之口，也不管時代如何變遷，總還是欠缺一些震懾人心的威力。

譬如像從前的飛鳥京，就是遵照高天原廣野姬尊樣（持統天皇）的旨意，向北遷移到一里[60]外的「藤井之原[61]」，遷都的同時還將新都城改名為「藤原京」，城中建起許多外觀莊嚴宏偉的嶄新唐式建築。新都城的街頭，偶爾可見風雅之士騎著剛剛進口的高麗馬[62]飛馳而過，不過這些人都從鄰近的飛鳥京趕來看熱鬧的。住在城裡的絕大多數居民，則是從鷺栖之阪北邊以及香具山麓西遷過來的。他們在城中新開發的各條各坊*規畫區裡墾地興工，紛紛建造自家的宅院。不久，下一代天皇即位了，藤原京的都市建設仍在持續進行，宮殿的規模也日漸擴大。城中的居民這時意識到，天皇是真的打算把這裡建成一座永久性都城，所以大家都安心了，家家戶戶也跟著陸續修建石城。這種趨勢很快就發展成一種風俗，氏族的族長們也把自家宅院四周的圍牆改成了石城。

不料就在這時，天真宗豐祖父尊樣[63]駕崩，他的母后日本根子天津御代豐國成姬大尊樣[64]即位成為元明天皇。誰也沒有想到，這位新天皇即位後的第四年，又把首都從藤原京遷

58 蘇我臣：即蘇我氏，「臣」是日本古墳時代大和朝廷賞給豪族的賜姓。
59 島大臣：蘇我馬子（五五一—六二六），飛鳥時代的貴族與權臣，曾輔佐敏達天皇、用明天皇、崇峻天皇、推古天皇等四代天皇。因他家庭院的水池裡有小島，所以被稱為「島大臣」。
60 一里：約三點九二七公里。
61 藤井之原：藤原京建立在一片原野上，據說是因為在藤樹的樹蔭下有一口水井，所以叫做藤井之原。
62 高麗馬：指朝鮮半島輸出到日本的馬匹。
63 天真宗豐祖父尊樣：文武天皇（六八三—七〇七）的和風諡號，「文武天皇」是漢風諡號。古代的天皇從初代的神武天皇到第四十四代元正天皇，去世後都有兩個諡號。
64 日本根子天津御代豐國成姬大尊樣：元明天皇（六六一—七二一）的和風諡號。她是草壁皇子的王妃、蘇我氏的遠親。即位後，把首都從藤原京遷到平城京。

到奈良京。更出人意料的是，遷都後沒多久，藤原京發生了一場意外的火災。這把火就像要趕走城中居民似的，把房舍密集、小巷相連的城區燒得一乾二淨。原本在城裡擁有豪宅的貴族看到自己的世界竟在瞬間毀滅，全都驚得目瞪口呆。如此一來，神明也就不必在太政官符裡添加更嚴厲的詞句，就把拖延已久的石城問題解決了。

那些總以自己出身古老氏族而深感自傲的貴族，總是誇耀神話時代傳承下來的家業是多麼神聖，但皇宮遷到藤原、奈良的新都城之後，他們卻沒意識到一件事，那就是那些貴族侍奉神明的祖傳職業已經漸漸失去價值。

貴族當中最早發覺這一點的，是南家小姐的曾祖父淡海公*。他為了把古老神祕的祖傳家業傳給萬世之後的子孫，決定採取另立門戶的方式，確保自己原本的姓氏「中臣」不會消失。也因此，從淡海公本人到他的兒子、孫子，都比其他貴族領先一步展開了全新的仕途人生*。

另一方面，跟藤原家同為古老氏族的大伴家則是另一番景象。族長大伴家持[65]*今年四十二、三歲，雖說比他父親大伴旅人[66]在同齡時的表現優異得多，但可惜時代已經變了，如今這個世道，不論是他親眼所見，或是親自接觸到的眾多現象，沒有一樣不令他感到焦慮。家持現在才明白淡海公在一百多年前為何做出那樣的抉擇，每每想到這裡，他就忍不住對自己的遲鈍感到生氣。他已親眼目睹許多跟他作風相同的貴族最終是什麼結局，更為他們的下場不寒而慄。譬如曾經權傾一時的藤原一族當中，始終沉醉在昔日美夢的南家橫佩右大臣，大前年就被貶為太宰員外帥，被迫離開都城，遠赴異鄉。而事實上，太宰帥現在不就躲在難波的府邸裡面閉門思過嗎？這種結局，正是自己的父親旅人三十年前曾經遭遇過的。

如今這世上的一族之長，大多不再企圖圍著自家住宅建築石城，或在大門與小門之間設置守衛，甚至對於屋宇的裝飾也都不感興趣了，為什麼我還抱著幻想，期待宮中不再追究父親犯下的過錯*？家持暗自思忖，只要得到宮裡的原諒，我就可在石城環繞的府裡召集家中子弟和族人，一起鍛鍊射箭、棍術和刀術。現在我一年到頭頻繁地舉行祭祀，除了向氏族守護神祈求保佑，其他的神祇也都不敢怠慢。每次辦完祭典之後，還把家中的語部成員，也就是大伴家的幾位語造[67]老婆婆全叫來，強迫族人聆聽她們講述一些不知所云的古老傳說。想

65　大伴家持（七一八—七八五）：奈良時代的貴族、歌人，曾參與編纂《萬葉集》，留下四百多首長歌、短歌、漢詩，對日本文學史造成深遠的影響。

66　大伴旅人（六六五—七三一）：奈良時代初期的貴族、歌人。曾任征隼人持節大將軍平定叛亂，並被派到九州太宰府擔任太宰帥。但因受到受到藤原氏排擠，旅人去世前，大伴家在政壇上並不得意。

67　語造：即擅長講述故事與傳說的一群人。「造」是一種世襲稱號，大化革新之前，專指「以特別技能為朝廷服務的團體」，大化革新之後，這些團體的成員大部分都變成普通公民。

到這裡，家持不禁覺得自己似乎是在白費力氣，心底升起了一絲孤寂。

其實，朝廷早在三四年前就已三令五申，嚴禁各氏族舉辦氏神祭。不僅如此，祭典之後的宴會和人數眾多的族人集會也被禁止了。

但家持卻始終嚴守大伴氏的舊習，儘管世局令他沮喪，但是為了承襲家傳的武道，盡力守護宮廷，他只能竭盡所能，努力守住祖傳的家業。

家持曾被派赴北陸地區擔任過越中守[68]，離京多年之後，他長途跋涉，重返都城。但還來不及撣落綁腿上的泥土，他又再度被迫遠離了都城。那時聽到外派的消息時，家持心裡的感覺，就像有人在背後逼著前進。就在這種如坐針氈的氣氛裡，他從兵部少輔晉升為大輔。就連升官這種喜事，也讓他只能感受到背上承受著越來越重的壓力*。

這一年的五月，東大寺將為四大天王[69]雕像舉行開光典禮。但在雕像正式開放給公眾參觀之前，奈良京裡已有許多貴族趕來觀賞。在當時那種喧擾忙碌的社會氣氛裡，神像雖然造成一時轟動，卻也平撫了世間的一切紛擾，給世人帶來雀躍的悸動。據說有人看到佛像後驚訝地嚷道：「我國建造的佛像當中，造型如此出眾的天部[70]雕像，這還是第一次看到呢。」還有人感嘆道：「我國神話時代的那些荒神[71]，大概就是這種造型吧？」

四大天王像還沒公開舉行供奉大典，有關佛像的各種謠言已在四處廣為流傳，還鬧得滿城沸沸揚揚。有人說：「你們看看多聞天王[72]和廣目天王[73]的相貌，不覺得他們像誰嗎？」話剛說完，那人又趕緊補上一句：「這話只能在這裡說唷。」但這種流言傳播得非常迅速，才一眨眼工夫，就已傳到每個角落，就連家持也聽到了這個傳聞。難怪大家都這麼說呢，家持想，菩薩的怒容確實令人畏懼，不過那兩座雕像的臉孔，真的跟號稱當今國內最英俊的兩個男人長得一模一樣啊。不過，類似這種流言蜚語，貴人是不會去傳播的，只有那些無權無勢卻自稱學者的卑劣之士，才會隨便散布謠言。

傳言中那位長相酷似多聞天王的，其實就是當朝的太師*藤原惠美[74]。他雖已年過半

68　越中守：越中國的地方長官。越中國位於現在的富山縣。
69　四大天王：佛教的護法天神，俗稱四大金剛，分別是：東方持國天王、南方增長天王、西方廣目天王、北方多聞天王，也稱「護世四天王」。
70　天部：天界眾生的總稱，與龍、夜叉等並列為守護佛法的八部眾之一。
71　荒神：日本民間信仰的神祇，據說脾氣暴躁，容易發怒。全國各地的定義不一，大致可分三種：在屋內祭祀的火神、在屋外祭祀的宅神或村神，以及牛馬的守護神。
72　多聞天王：四大天王之一，手持慧傘，用以降伏眾魔，護持眾人修行。在日本也稱為「毘沙門天」。
73　廣目天王：四大天王之一，能以清靜法眼觀察護持三千大千世界，聖名為西方廣目天王。
74　藤原惠美（七〇六—七六四）：即藤原仲麻呂。是藤原武智麻呂的次子，藤原豐成的弟弟，藤原南家小姐的叔父。

百，容貌卻像三十多歲的青年一樣英俊溫潤。不過這位太師最近不知為何，總是動不動就發脾氣，還經常責罵部下與奴僕。有時看他生氣的表情，不禁令人納悶，像他這種文武雙全又官場得意之人，為什麼還會露出那種生氣的表情？也難怪坊間會傳出那種閒言閒語，說他那張臉，就跟多聞天王一個模子刻出來似的。

「對了，那位貴人從前身強體壯的年代，整天都在舞槍弄棒，現在也是一副唯恐天下不亂的模樣，每天穿一身厚重的盔甲，手裡拄著長槍，雄赳赳、氣昂昂地四處走動。就憑他那架式，確實是跟菩薩有點相似。」看熱鬧的人群裡，有人對上述的謠言表示贊同。

那麼，太師以外另一位長得酷似廣目天王的人物，究竟是誰呢？

「喔，那一位啊……」

每個聽到這個問題的人，都露出為難的表情，一副不敢多嘴的樣子。

「老實說，那都是別人亂說的啦。也因為那只是謠言，所以我也不能保證一定正確唷。大家都說啊，另一尊菩薩的臉孔，跟義淵僧正[75]的弟子道鏡[76]法師很像啦……但是也有人說——喔，那已是二十多年前的傳言了——也有人說啊，廣目天王菩薩的臉孔，跟那位在筑紫吃了敗仗的太宰府次官藤原廣嗣[77]*長得一模一樣。

「我是看不出到底像誰啦。反正不管怎麼看，要說跟我見過的某位貴人長得很像，倒也是像的……」

不論如何，兩位天部菩薩的雕像就那樣彼此怒目相視，彷彿非常敵視對方。寺中的僧侶對世間那些流言都很在意，也試著變換過菩薩的位置，但不論如何安放，兩位菩薩好像都一直憤怒地瞪著彼此，最後僧侶們也只好放棄了。大家都覺得，除了靜待流言自然消失，也沒有其他的辦法了。

「說不定……只希望不要天下大亂就好……」

然而，時光雖然不斷流逝，類似的耳語卻不厭其煩地一直在民間流傳，

---

75 義淵僧正（六四三—七二八）：奈良時代的法相宗高僧，俗姓阿刀氏。據《扶桑略記》記載，義淵受天武天皇命令，從小跟皇子一起接受教育，長大後入元興寺出家，修習唯識宗與法相宗，並創龍蓋寺、龍門寺等五所寺院。弟子有玄昉、行基、隆尊、良弁、道慈、道鏡等人。

76 道鏡（七〇〇—七七二）：奈良時代的僧侶，俗姓弓削氏，後人也稱為弓削道鏡。起初跟隨義淵法師學習法相宗，出家後成為東大寺的僧侶；七二五年應孝謙天皇之召，入宮主持道場，並以看病禪師的身分為女皇治病，深受寵幸。七六六年被晉封為法王後，開始覬覦皇位；光仁天皇（七〇九—七八二）即位後，被貶至下野（現在的櫪木縣）的藥師寺擔任別當。

77 藤原廣嗣（生年不詳—七四〇）：奈良時代的貴族。藤原宇合（六九四—七三七）的長子，生年不詳。宇合是藤原式家的祖先，也就是藤原南家之祖武智麻呂的弟弟。

「只要不像那位已經下台的次官就好。如果菩薩的相貌跟那個剛進弓削寺的和尚長得很像，就更讓人放心了。那個和尚不是會惹事的，就算他想，以他那種身分也沒法作亂……」

不久，喜歡亂傳謠言的那些人開始覺得，一直只談同樣的八卦實在太無聊了。就在這時，太師惠美朝臣的姪女——橫佩家千金失蹤的消息突然傳了出來。於是，一傳十，十傳百，轉眼之間，這消息就像旋風似的掀起一陣騷動。

九

兵部大輔[78]大伴家持很快就在無意中聽到了南家小姐失蹤的傳聞。那天剛好是春分的第二天，一大早，家持坐在馬上，沿著朱雀大街向南前行。他只帶了兩名隨從，兩人正以驚人的速度緊跟主人的馬後徒步向前。這些年以來，具有文人氣質的家持深受晉唐新文學的影響，因此養成這種策馬疾行的嗜好。這天，他也跟平時一樣騎上馬，打算任意遨遊一番。朱雀大街兩旁的柳樹已經開花了，蓬鬆的柳絮正在四處飛舞，看起來就像煙霧似的。遠處的前方，平緩的山丘和細長的原野像海市蜃樓般悠然呈現在他眼前。

這時，一名隨從忽然加快腳步奔向主人，像要把臉孔貼在馬鞍上似的向主人報告剛剛聽到的傳言，是他從路過的熟人嘴裡聽來的最新八卦。

「所以，怎麼說——已經打聽到小姐的下落了？」

78 兵部大輔：兵部大輔是兵部省的次官。兵部省是日本律令制下的八省之一，專門負責掌管軍政、國防。次官相當於今天的副部長。

「是……不是。因為那傢伙匆匆忙忙說完就走了。」

「這個笨蛋，你應該好好打聽一下啊。」

主人語氣溫和地訓斥著隨從。另一名隨從這時也喘著氣追了上來

「喔，你打聽到了吧。南家小姐怎麼樣了——？」

這名隨從聽到主人的鼓勵，也不隱藏心中的得意，立刻一本正經地開始向主人報告自己聽來的消息。

據說，南家小姐前天夜裡已經到了當麻村，村裡那間寺院昨天下午也派人到橫佩大院去報了平安……說完這些，隨從又對主人說，除了這些，也沒時間打聽別的了。家持聽完報告，腦中的各種思緒總算像珠串般連在一起。他坐在馬上望著街道、行人，只是眼前的物體都像過眼雲煙，並沒進入眼裡。

藤原氏的族長向來是由南家的家長擔任，但現在這項任務已從哥哥豐成的家族逐漸轉移到弟弟仲麻呂——也就是押勝——的肩上。明年或後年藤原氏即將舉行枚岡祭[79]，那時能夠代表族人主持祭典的氏族大老，除了太師惠美押勝（即仲麻呂）之外，當然再也找不出第二人選。事實上，惠美家為了替嫡子久須麻呂物色理想的對象，一直想把家持的大女兒娶進門當媳婦，前幾天，太師家才派人把久須麻呂署名的一首和歌送過來，家持只好替他女兒寫了

一首和歌回贈給對方*。誰知今天早上，也就是剛才一大早，男方又送來一封藉由和歌表達心意的情書。

準女婿的父親今年雖已年過半百，卻還跟年輕時一樣，對自己的容貌深感自豪。其實當初他更中意的媳婦人選，是哥哥的女兒，也就是南家小姐，但不知為何，他的想法始終無法獲得對方的首肯。而這段祕聞之所以能夠傳進家持的耳中，也是因為那些經常進出橫佩家與大伴家的老太太總喜歡在背後搬弄是非。家持聽說這件事之後，心裡也曾湧起一種類似好奇的情緒，後來只要聽到一些風吹草動，腦中不免生出各種想法，連他自己都感到尷尬。仲麻呂今年已經五十多歲了，家持想，自己比他年輕了一輪*，若把自家美麗的鮮花移植到惠美家的院內，為自己的人生留下一段美好的回憶，也不是一件壞事。想到這裡，他也跟其他平凡男子一樣，不由自主地感到一絲喜悅，心情便也隨之開朗起來。

只是，家持立刻又想到南家小姐，據說在藤原氏分出的四家當中，她是最具備侍奉神明資質的千金，等現在正在枚岡神社主祭的那位齋姬[80]退休後，接替她的任務的，應該就是

79　枚岡祭：枚岡神社祭祀的神祇是中臣氏、藤原氏的祖先，也就是兩氏的氏神。氏族的族長最主要的任務就是祭拜氏神。同時，只有能夠獲選擔任主祭者的人，才有資格擔任族長。

80　齋姬：指神社中地位最高的巫女。伊勢神宮裡面地位最高的巫女，由天皇指派皇女擔任，叫做齋宮。

南家小姐。如此一來，就連上面要召她進宮都不可能了……所以說，結果就是誰都得不到她，大家都得放棄。該是神明的，最終還是歸神明所有——橫佩家的女兒終究必須交給神明。

一股淡淡的哀愁讓家持的心思陷入沉寂。我這個人啊，好像對什麼事都不在乎。剛滿十歲沒多久，母親就去世了，父親因病被貶到太宰府。到了當地之後，我第一次體認大海對岸那些文人創作的傳奇和唐詩的趣味，於是我像著了迷似的沉浸在那些作品裡。已經過世的父親或許不像我那麼熱愛那些作品，但他是個比我更執著的人，那時，他已在擔心大伴氏全族的未來。這件事，每次一想起來，我就覺得煩悶不已。所以我經常把族人召集起來，提醒他們注意，有時也以創作詩歌的方式喚醒大家。有趣的是，每次訓誡完畢，我就覺得心情十分爽快，也不知怎麼回事。就像自己的心用水洗過似的，感到清爽無比。那種無事一身輕的感覺，就像我從來不曾為了家族的瑣事煩惱過。

一切都不必在乎。世上不懂這個道理的人實在太多了……無論是古老傳說裡的天神，或是普通的凡人，特別是那些被視為傑出的偉人——但我為什麼就那麼不在乎一切呢？

想到這裡，儘管心裡泛起一種類似悔恨的感覺，但他並沒有持續耽溺在這種心境裡。不一會兒，剛才令他在意的事情，也變得沒那麼重要了。

「喔，已經來到京極[81]啦。」

沿著朱雀大街走到這裡，寬闊的街道兩旁全是縱橫交錯的城市規畫區，但是所有的區畫裡都看不到新建的房舍。地上已長滿剛發芽的嫩草，中間還夾雜著許多去年的枯草，新舊雜草組成的草原一直蔓延到大街的路面上。

「這裡竟有這樣的宅院……」

家持驚訝地嚷道。他看到路旁的大草原上，一座宏偉的屋宇正在施工。這時已是日上三竿的時刻，木匠們看來正要展開排滿整天的忙碌工程。樑柱搭成的木架下，許多人忙進忙出，努力幹活。房屋的四周早在開工前已把地基整建完畢，周圍也已建好一圈圍牆。

這種用泥土堆疊代替石塊砌成的圍牆，就是最近大家常說的土牆吧？家持一面想，一面目不轉睛地打量那道圍牆。看著看著，他的全副心思都被這種時尚的新玩意吸引過去。

土牆上事先預留了幾處開口，還在開口處裝上門扉。許多工人頻繁地從這幾道門忙進忙出，有人拖石塊，有人搬木頭，還有人忙著運送泥土。家持想起了從前那種厚重的石城，那種令人懷念的古老建築，直到現在，他還是不願拋棄那種環繞宅邸而建的石牆，但是眼前這

81　京極：指平城京南部地區。

一刻，他卻感覺石牆變成了無法承受的重擔，筆直地倒向自己的胸前。

「可是我還是不會建這種土牆的。」

胯下的馬兒重新馱著陷入憂鬱的主人，掉頭踏上歸途。不一會兒，馬兒載著家持來到五條大街。看來他好像是想從這裡繞過蜿蜒曲折的街角，然後轉向右京前進。兩名隨從雖然對主人十分了解，但這時看到主人的行進方向，也都感到有些摸不著頭腦。兩人不時面面相覷，一面交換眼色一面露出不解的表情，緊跟著馬兒快步奔跑。

「真的已經發生這麼大的變化嗎？」

家持騎馬來到某個街角時，猛然拉住馬頭，像在自語似的說道。

「……這就是所謂的『新草混舊草，任由眾草生*』吧。」

他忽然想起最近在歌舞所[82]保存的古代資料《東歌》[83]裡看到一首詩歌。這首詩歌正好可以用來表達他現在心中的感受。

「對，『原上景致好，切勿燒野火』。這樣就對了。」

說著，家持轉臉向隨從露出溫和的笑容，兩名隨從正仰臉看著主人，同時露出滿臉的驚訝。

「你們不覺得我說得很對嗎？那些破爛的房舍之間，新的大宅正在一間接一間建造起來。都城是永遠都不會被房屋塞滿的，而且不論如何，房屋只會增加，不會減少。就拿這附近來說吧，從前這裡是一片看不到盡頭的大草原，每年到了這個季節，原野上到處都能聽到吵死人的蛙鳴。」

「您說得對。從前這裡春季有青蛙，夏季有毒蛇，秋季又有蝗蟲，簡直一步也踏不進去呢。」

一名隨從答道。

「那些剛剛建好的新房子，看起來好氣派。只是每座房屋周圍，都建了最近突然開始流行的土牆。把這裡弄成跟從前完全不一樣的地方，還真叫人難以適應。」

坐在馬背上的主人也剛好在考慮這個問題。不過一轉眼工夫，家持的心情又開朗起來。

82　歌舞所：奈良時代主管歌舞的官方機關。一說是模仿唐朝制度設立的雅樂寮裡面的「大歌所」。家持既是武官也是歌人，因公因私都可自由進出歌舞所。

83　東歌：日本東部地區的詩歌。《萬葉集》第十四卷收錄了七世紀末期到八世紀中期的東歌約兩百三十首，其中數量最多的是相聞歌（情詩）。東歌使用東部地區的方言書寫，主題大多是描寫戀愛、旅遊、勞動，結構純樸富有生氣，與貴族詩歌的風格不同。

當年在三形王[84]*宮殿舉行的宴會上，他吟詠過一首即興詩。其中的兩句詩現在突然浮現在他腦中，句中的含意也比當年更為具體了。

「世間多變幻，無奈憶舊人*。」

家持抬眼眺望遠方，東邊是春日山森林，但是因為位於谷底，從他站立的位置無法看見。御蓋山、高圓山的山頂倒是陽光普照，一幅風和日麗的春日景象。

然而，家持很快就發現，這種悠閒的感覺是因為自己已經看透一切。一種錯覺無法抑制地從他心底升起，他的心情不再鬱悶，自己的腳下似乎也不是大日本平城京的土地，而是大唐長安的街頭。胯下的馬兒已換成一匹毛色更純的白馬，坐在馬上的自己，好像也變成了二十多歲的貴族公子。歷代神明加在他身上的沉重家族歷史，還有追隨在身後的眾多族人，好像突然跟他切斷關係，他在瞬間感到無事一身輕，彷彿正在自由的天空飛翔，這種輕鬆的感覺，久久揮之不去。

我已不再年輕。更重要的是，我是東海裡的大日本國的一份子，肩上背負著沉重又令人鬱悶的祖傳職業，這個擔子重得簡直把我的肩膀都要壓斷了。每當想起這些，我就感到非常孤獨空虛，而每次內心升起這種感覺，我也只能立刻假裝一切都跟自己無關似的設法讓心情平靜下來。

「喂，我問你們，大伴氏的族長家也用這樣的土牆圍起來怎麼樣？」

「老爺您在開玩笑吧？」

兩名隨從的聲音顯示他們的感覺是一樣的。

年紀較大的隨從接著用坦誠的語氣向主人說道：

「我們雖不是代代侍奉老爺的家臣，但我們都知道，外人提起『大伴』一族時，總是稱頌大伴氏跟御門御垣[85]之間的關係緊密。假設您把大伴家外面的圍牆改成現在流行的那種式樣，大概千秋萬世之後的子孫都會埋怨您吧。這還不算什麼，更重要的是，其他的氏族，就是說，那些比大伴氏的歷史更短，直到人皇時期[86]之後才發跡的的家族，都會看不起大伴家族吧。」

84　三形王：有些古籍也寫為「三方王」或「御方王」，舍人親王（六七六—七三五）之孫，淳仁天皇（七三三—七六五）之子。西元七六四年藤原仲麻呂之亂結束後，淳仁天皇被廢，三形王的爵位也被剝奪。

85　御門御垣：指率領同氏族人負責看守宮門的久米氏。大伴家持曾在詩歌中（《萬葉集》卷十八．四〇九四首）提到，大伴氏的祖先來自久米氏，當初看守宮門的任務是由久米氏與大伴氏輪流負責。也就是說，大伴氏最先是負責為天皇看守宮門的氏族。

86　人皇時期：神武天皇於西元前六六〇年平定大和國，即位成為第一代天皇後，從此日本進入「人皇時期」。神武天皇之前是天神統治的時代，叫做「神代時期」或「神話時代」。

聽了隨從這番話，家持覺得自己好不容易才平靜下來的心情似乎又蒙上一層陰影，他連忙制止隨從繼續說下去。

「真討厭，你知道自己在跟誰說話嗎？閉嘴吧。我只是開個玩笑而已。哪有人像你這樣把玩笑當真的？」

馬兒依舊「踢躂、踢躂」踏步前進。不一會兒，路旁出現了一座土牆，接著，又出現一座土牆；然後，還是一座土牆。這些宅院究竟是在什麼時候改建的？如此看來，下一個新都城遲早也會變成這種模樣吧——難道我已經到了未來即將建在更廣闊的平原上的新都城了？想到這裡，家持連忙收回胡亂飛躍的思緒。

眼前又出現一座土牆，接著，還是一座土牆，但他已經變得無動於衷，只剩內心還在來回搖擺，時而覺得讚許，時而感到排斥，他就在兩種感覺之間徬徨觀望。

不知走了多久，前方的遠處現出平群山和京西[87]幾座寺院的各式佛塔，家持才發現自己來到了三條附近的偏僻地區。

「哎唷哎唷，這裡竟然還有這東西啊。」

說完，家持像是看到什麼稀奇玩意似的從馬背上一躍而下。兩名隨從立刻奔上去拉住轡繩。

只見前方那座宅邸的四面開了幾扇門，門與門之間都用細木條編成的欄杆圍住，欄杆外面還種了一片枳橘樹林用來遮擋路人的視線。家持這時發現欄杆外還矗著一段很長的石城，大約跟人一樣高，他連忙快步趕上前去。

「雖然已經年久失修，畢竟還是橫佩大院呀。」

他一面說一面專注地打量起石牆粗糙的表面，好像連呼吸都忘了似的。

「對了，就是因為這道石牆，大家才把這座府邸叫做橫佩大院。大家都說，整座都城裡面，至少這道牆，是不能強行拆毀的。不論如何，在太宰帥大人回京之前，還是得保留下來，所以至今還能維持原狀啊。喔，這消息，小人也是從別人那裡聽來的。」

原來，家持竟在不知不覺中來到了右京的三條三坊。

我原本也沒打算到這裡來的——可見我對年輕女子還沒失去興趣呢。想到這裡，他心底升起一種既像自我安慰又像對往日無限懷念的感覺。

「不過，這裡也太安靜了吧？」

「是的。聽說南家打聽到小姐的下落後，已經派乳母帶著其他人趕去了。可能因為找到

---

87 京西：指朱雀大街以西至平城京西郊的地區。

人了，大家也放心了吧。」

年輕隨從說著露出揣測的表情。

「不，碰到這種事，最重要的是，大家千萬不能大驚小怪，要不然惡鬼、亡魂都會蜂擁而來。不過，這戶人家的歷史很悠久了，家裡總有一兩位知道這些講究的老人吧。他們肯定不會跟去難波的，主人會把他們留在府裡看門吧。」

「好啦，別說了，我們回去吧。」

十

古代有一種叫做「夜訪[88]」的習俗，是指男子趁著夜晚偷偷爬進少女閨房求愛。其實在大和國全境，這種風俗極為常見。有些村落雖然對外堅稱，他們的村裡從來不曾發生這種韻事，但隨著時代的推移，那些村落終究還是在不知不覺中接受其他村落行之有年的各種舊習。就拿石城來說吧，這種圍牆做起來並不難，只要把石塊堆起來就行了；但有的村落自古就用石城保護住宅，有的村落卻沒有一戶人家建造石城。這些村裡的長老還會滿臉嚴肅地說明為何不可興建石城，理由聽起來也都頭頭是道，或許都是從語部老婆婆那裡聽來的吧。據說石牆雖然看似並不可靠，彷彿一抬腿就能跨進院裡，但在遠古的時代，神明曾跟鬼魂立下誓約，只要在房屋周圍建一道貌似石城的東西，那些肉眼看不見的鬼怪或甚至肉眼看得見的人類，就都無法入侵。也因為鬼怪與神明之間訂下這項約定，村裡的後代子孫才能在石城環

88 夜訪：即所謂的「訪妻婚」，是日本古代一種原始婚姻形態。通常是男子在日落後前往女子的閨房求愛，也有些地方是女子前往男子家中求愛。當時的夫妻並不同住，不是一夫一妻制。

繞下安心生活。而那些不建石城的村落，則不論人鬼都能隨意侵入民宅，而村中居民除了小心防範，也沒有其他的辦法。譬如像平時的夜晚，村中並沒舉辦任何祭典，男人們卻肆無忌憚地跨過竹籬，「砰砰砰」地大聲敲打未婚少女的窗戶。而在住宅四周有石城環繞的村落裡，就從來不會發生這種事情。古代甚至還有貴族青年為了追求美少女，故意扮成奴隸而傳為美談的。據說那位貴族青年為了接近女孩，自願去當女孩父親的僕役，承受主人的百般虐待，因為他唯一的願望，就是忍耐三五年之後，總有一天能夠見到那位美少女。所以說，拆掉住宅周圍的石城，等於就是告訴鬼怪：「你們可以隨意進出了。」類似這種想法，不僅京城裡的老人相信，就連鄉野村落的居民也都深信不疑。也因此，最終決定保留石城的人家還是佔了絕大多數。

這些人家為了說明石城不可拆，經常提出一個相同的恐怖實例，來證明自己是對的。這件事發生在三十年前——也就是天平八年，那一年，天皇降下一份措詞嚴厲的聖旨：「朝廷每次發號施令都不能順利執行，主要原因就是因為貴族公卿不肯率先以身作則。朕現在命令爾等立即拆掉石城，把住宅改建成新京城當前最時髦的式樣。」聖旨裡接著點名斥責藤原氏的四支旁系[89]，責怪他們不肯變更舊習，是「身在其位卻不謀其政」。聖旨傳下之後，幾乎所有的石城都在一夜之間拆掉了。但誰也沒有料到，幾乎就在同時，天花卻開始在全國各處流行。到了第二年，疫情更加猖獗。四月，先是藤原北家的主人染上天花，接著，京家、南家的主人都相繼染疫去世。最後到了八月，式家的宇合[90]大人也病故了。這時全國百姓都在暗中議論，所有人都把藤原四兄弟相繼去世的原因，歸咎於他們拆掉了保護家園的石城。於是，許多已經拆毀石城的人家，又不約而同地紛紛恢復了石城的原貌。

那場疫情雖然恐怖，不過事後回想起來，也就像是一場惡夢。但疫情在人們心中留下的恐懼，卻始終印象鮮明，令人難以忘懷。

有趣的是，那些自古就對家中少女嚴加看管的村落，後來卻漸漸接受其他村落的習俗，放任女孩的情人隨意進出深閨。好在名門氏族之間沒有這類的傳統，也不流行這種求婚習俗。不過，生在貴族家庭的男人對這種事卻是一點也不在意的。像這種隨性的風俗，他們反而十分欣賞呢。只有他們家裡的母親、妻子和那些乳母們對這種習俗氣憤不已，更對引領這

89　藤原氏的四支旁系：藤原不比等將四個兒子分成四支旁系：長子武智麻呂住在南邊，所以叫做南家；次子房前住在北邊，所以叫做北家；三子宇合因兼任式部卿（式部省長官，相當於唐朝的吏部尚書），所以叫做式家；四子麻呂兼任左京大夫，所以叫做京家。以上四家也稱為藤原四流或藤原四家。

90　宇合（六九四—七三七）：原名藤原馬養，是藤原不比等的第三個兒子，也是藤原式家的祖先。靈龜二年（西元七一六年）擔任第九次遣唐副使，養老三年（西元七一九年）回國。在中國逗留期間改名「宇合」。

種風俗的社會不斷咒罵。

就拿近在眼前的例子來說吧，譬如像大伴宿禰，還有藤原朝臣*，這兩個氏族侍奉過數十代天皇，族長地位十分尊貴，相當於一方諸侯，家族裡從來沒人鑽進女子深閨去實行「訪妻婚」。

但不知從什麼時候起，像他們這種家世顯貴的氏族，也在娶妻儀式中安排語部唱起了神語歌[91]：

「八千矛尊神耳聞，在遙遠的高志國，有位美麗的女子，有位賢淑的女子……*」

而且更過分的是，這種獻唱的風氣越來越盛，後來甚至到了無法禁止的地步。

藤原南家小姐跟其他待字閨中的少女一樣，身邊也有仰慕她的追求者——不，應該說，有一大群追求者。但這些男子都因為那道形態僅存的石城，生怕犯了禁忌而給自己招來禍患，所以誰都不敢踏進宅院一步。他們寧願在藤原南家的門外偷窺一眼就轉身離去，而不肯鼓起勇氣走進大門。

或許其中也有人想給小姐寫封情書，但誰也沒有把握，書信能否平安送到小姐的面前，並且獲得小姐親自展讀。因為通常那封情書立刻會被小姐閨中的老媽媽收走，根本不可能落到小姐的手裡。試圖偷傳情書的年輕侍女被老媽媽發現後，肯定也會遭到嚴厲斥責，而類似的場景就經常在小姐的房中上演。

「妳不知道小姐的身分多尊貴嗎？她將來是要獻身去侍奉藤原家氏神的，必須永保純潔的童女之身。難道妳不知道這些？妳不怕神明降罪？就連宮裡傳來旨意，都不曾得過小姐片紙隻字的回應，妳難道從沒發現，就是因為這個理由？這個沒用的蠢貨，快滾吧。快把妳那拿過情書的手，放在率川[92]上游的水裡洗乾淨吧。妳這不知天高地厚的東西……」

小姐房裡遭到這樣訓斥的侍女，絕對不只兩三人。幾乎可說，凡是在橫佩家小姐的閨房裡侍過或出入過的年輕侍女，百分之百都遭遇過類似的經歷。

然而，小姐自始至終都不知道這一切。

「身分尊貴的千金小姐想學漢詩漢文？那些東西，最近才有些身分卑賤的女人開始學習呢。按照小姐家的規矩，父親大人叫她做什麼，她就該一輩子聽從父親的指示啊。大家都要記住，小姐家的祖傳家業，應該是轉達神明的意旨。」

這些老媽媽在氏族的祖訓面前，是連族長的想法都敢反對的，但她們最近卻對小姐的天

91 神語歌：指《古事記》、《日本書紀》、《風土記》等上古時代的文獻中收錄的歌謠。

92 率川：也叫能登川。從春日山發源的一條小河，最後流入佐保川。

賦異稟感到束手無策。

「我們已經沒有東西可以教給小姐了。」

老媽媽們從幾年以前就有這種想法。小姐房裡負責照顧她的身狹乳母、桃花鳥野乳母，還有波田坂上夫人，整天都為心中莫名的喜悅帶來的不安而嘆息。偶爾到府裡請安的中臣志斐婆婆，以及三上水凝夫人等人，也是每次看到小姐的舉止，只能彼此嘆著氣面面相覷。她們不知該去找誰商量，也不知如何是好。大家雖然沒把想法說出口，但她們都在暗中訝異，沒想到小姐的心靈已經成長到她們無法掌控的地步了。

「妳們叫我不要學習漢詩漢文，那妳們教我一些我還沒學過的東西啊。」

聽到小姐提出這麼直率的要求，老媽媽們都感到如芒在背，萬分不安。

「您說什麼呀？您從前也沒要求我們教您什麼呀。叫地位卑微的下人教導地位尊貴的主人，這種想法，神明也不允許的。向來都是地位高的教導地位低的，這是從神話時代就立下的規矩啊。」

志斐婆婆這段話顯然無法說服小姐，身狹乳母連忙插嘴幫腔說：

「我們也只是把自己知道的事情告訴您，希望用這種方式幫您陶冶心靈，培育情操。正因如此，我們這些老嫗才把腦中記得的一切，或用唱歌的方式，或用講述的方式轉達給您，只希望小姐聽了之後，心靈能夠受到感化。您若把這些看成教導，神明是會懲罰我們的。」

陪伴小姐的貴族夫人們反覆進行數次勸導之後，漸漸對自己以往相當自豪的知識產生了自慚形穢的感覺。這些婦人開始覺得，說不定讓小姐如願學習她想學的漢詩漢文也很不錯吧。

就在這時，剛巧發生了一連串出人意料的事。首先是有人在小姐的床榻後面發現兩卷手抄的經文，看來像是出門在外的父親送給女兒的禮物。其中一部是橘夫人[93]抄寫的《法華經》。這位夫人跟小姐沒有直接的血緣關係，但若要排起輩分，她算是小姐的曾祖母。另一部經文，則是跟小姐有血緣關係的姑婆，也就是當今的皇太后[94]親手抄寫的《樂毅論》[95]。兩部經卷都被人放置在書架上，而且都裱裝得十分精美。

93　縣犬養橘三千代（六六五—七三三）：亦稱橘三千代，奈良時代前期的女官。先嫁給美努王（敏達天皇的後裔），生下葛城王；後嫁給藤原不比等，生下兩個女兒光明子和多比能。光明子後來嫁給聖武天皇成為光明皇后，多比能後來嫁給同母異父兄長葛城王。

94　指光明皇后（七〇一—七六〇）。光明皇后的女兒阿倍內親王在父親聖武天皇讓位後，即位成孝謙天皇，光明皇后則以皇太后的身分執掌大權。

95　《樂毅論》：晉朝王羲之的小楷書法作品，共四十四行。原作者為夏侯玄，真蹟已不存在。光明皇后手抄的《樂毅論》完成於天平十六年（西元七四四年），現在收藏在正倉院。

小姐的父親從前被尊稱為「橫佩大納言[96]」的時候，就把這兩部經卷視為跟自己的靈魂一樣珍貴的寶物。每次他離家出門，就算只是短程旅行，也會命人把經卷裝進大箱子，然後專門派一名隨從背著，一路伴隨自己。這兩部像靈魂一般寶貴的經卷，父親卻把它們留在家裡當作女兒的護身符，而且沒有告訴任何人。當這兩卷似曾相識的經卷從美麗的盒子裡拿出來的瞬間，那些向來只知固執己見的貴婦都像被人用力打了一拳似的，妳看著我，我看著妳，半天說不出一句話來。半晌，她們才拋開被人恥笑的顧忌，齊聲大哭起來。

小姐明白父親留下經卷的用意，所以在那些老媽媽的眼中，小姐並沒有表現出她們預期的感動。她只是睜著一雙沉靜秀美的眸子，彷彿要把美麗的心靈呈現在眾人面前似的，訝異地環視眾人激動的模樣。

從這天起，小姐開始專心一意地臨摹這兩卷女子手抄的經文。出人意料的偶然總是接二連三地降臨。不到一個月之後，飛鳥寺——也就是元興寺[97]——送來一份經卷目錄，都是目前身在難波的太宰帥當年在佛前誦讀過的經文。除了這份目錄之外，還有一份緣起文[98]，也一起送到小姐的府上。

原來，小姐的父親藤原豐成朝臣在父親贈太政大臣[99]去世七周年忌日時，曾經發願抄寫〈佛本傳來記〉[100]。抄完後過了兩年，藤原豐成把這篇文章獻給了元興寺。從飛鳥時代起，藤原氏就跟這座寺院建立了深厚的關係，豐成抄寫的這篇緣起文被供在寺裡最顯著的位置。因為寺中的僧侶深知，豐成是懷著誠摯的願望與感恩的心情寫成的。但誰也沒有想到，時隔二十年之後，這篇文章又被送回了橫佩家。

文書送到小姐手中時，她跪著用膝蓋移到門邊，低頭向元興寺的方向膜拜行禮，然後向身邊的侍女問道：

「那個叫難波的地方，在哪個方向？」

接著，她欣喜地把臉孔轉向別人告訴她的方向。就在這一瞬，幾粒像水晶念珠般的淚珠

96　橫佩大納言：南家小姐的父親藤原豐成深受聖武天皇賞識，於天平二十年（西元七四八年）從中納言晉升為大納言。大納言是日本律令制下的官職，負責向天皇上奏政務、向下宣告天皇的敕令。

97　元興寺：日本南都七大寺之一，前身是日本最早的佛寺法興寺。法興寺也叫飛鳥寺，是由蘇我馬子所建。元明天皇將都城從飛鳥遷到平城京之後，法興寺也在都城重建，並改名為元興寺。

98　緣起文：佛寺或神社創立的故事或奇談

99　贈太政大臣：「贈」表示在大臣去世後追贈的官職。「太政大臣」相當於唐朝的相國、太師。

100　〈佛本傳來記〉：又名〈元興寺緣起〉。據《日本書紀》記載，這篇文章大約在天安二年（西元八五八年）完成，文中記錄了元興寺創建的原由與過程，文後所附的說明，則是由藤原豐成於天平十八年（西元七四六年）寫成。

從她眼眶流下。

接下來的日子裡，小姐每天從早到晚都在抄寫這份元興寺緣起文。內容除了內典、外典[101]之外，還有身為大和國男子的父親親手書寫的文字*。小姐感覺得出來，有助於培育心靈的智慧，正從自己的指尖緩緩地通過手腕*，並由手腕經過胸膛，再從胸膛進入心臟，然後滲入她的全身。

她想到大日本日高見國[102]的傳說，全國各地流傳的歌諺[103]，還有那些歌諺的由來與出處，而其中最重要的，就是神明藉由中臣氏祖先傳達的神諭，以及藤原家族的古老典故。古老的故事不斷地接續下去，彷彿永遠不會結束的唱詞，在語部婆婆、乳母或那些老媽媽的嘴裡自語似的嘀嘀咕咕，唱個沒完。此時此刻，那些唱詞又在小姐孤寂的心底活躍起來。

「啊，我要把這些牢記在心。只要在這世上活著，我就必須記住。」

她在心裡向父親再三道謝。然後，她想到那位尊貴的姑祖母，和她從沒見過面的曾祖母，一種無法形容的感情從心底湧起，她實在不知該如何向她們表達感激。而比父親和其他人更應該感謝的，還是佛祖。祂雖不在這個世界上，卻賜給我珍貴的悟性與無限的恩典。想到這裡，小姐伸手拿起塗香[104]，順序抹在頭髮上、手上、衣服上，讓她的全身都沉浸在香氣之中。

101 內典、外典：內典指跟佛教有關的書籍，外典指佛教讀物以外的書籍。

102 日本日高見國：漢字也可寫為「大倭日高見國」，日本國的美稱，表示「太陽高照之國」。

103 歌諺：「歌」是指抒情類散文，「諺」指敘事詩式散文。

104 塗香：修行者用來塗抹在身上的香料。目的是為了經由清靜與裝飾自身，來向菩薩表達恭敬之意。

十一

「呵吉，呵吉，呵呵吉吉——＊」

跟前一天比起來，今天的天氣格外晴朗。季節雖是春天，陽光卻強烈得令人訝異。太陽的強光照射下，草木撒落滿地輪廓清晰的陰影。奇怪的是，這幅春日景象明明充滿暖意，卻給人帶來幾分寒意。萬里晴空之中，看不到一片雲。高原上的樹林因為間苗而顯得枝葉稀疏，這時已有許多長著翅膀的小蟲在那裡飛來飛去。林中僅有的那隻樹鶯，已在那裡鳴唱了很久，似乎一直沒有移動過位置。

南家小姐剛才聽著鳥鳴，突然想起家裡那些婦人總是掛在嘴上的一個故事。故事主角是出雲大社陪祀客神的女兒＊，這位女神的身邊總是圍繞著許多求愛的男子，她為了躲避這些煩人的求婚者，只好跑到野外遊蕩。一天，女神不知不覺走進深山的樹林，在林中享受到難得的悠閒。春日雖然漫長，但是眨眼之間就到了夕陽西下的時刻。女神急著尋找回家的小路，在山上轉來轉去。她的雙腳很快就被路邊的荊棘割傷了，衣袖也被樹上的細枝刮破了，最後她終於爬上一個小山坡，看到貌似自己村落的屋舍出現在眼前。這時她的衣服和裙子都已裂成碎片，原本被衣服覆蓋的肌膚全都露了出來。天空裡，一輪黃昏的月亮正在逐漸變亮。女神心底無法壓抑的焦急這時變成聲音從她嘴裡冒了出來。

「呵吉，呵呵吉吉。」

那聲音不是她平時悲傷時發出的哭聲。「啊，我的身體……」女神意識到這件事的瞬間，發現正在觸碰臉頰的袖子，已不是衣袖，而是一對小翅膀，黃褐色羽毛跟長滿枯草的山坡一樣的顏色。她想摀住持續發出怪聲的嘴巴，卻發現一向自詡可愛的柔唇不見了，她的嘴上竟然長出一根貌似小管子的鳥嘴。女神覺得腦中一片空白，不知自己究竟是哀傷還是淒涼，只能不斷扭動身軀。接著，她發覺身體正在輕盈地向上飄起，很快就飄到了空中，她連忙揮舞衣袖，想要停下來，卻發現越用力揮動，身體越往上飄，越來越高，她正在飛向天空，一直飛往一彎新月照耀的空中……之後，直到現在，她仍在天空飛舞。

「呵吉，呵吉，呵呵吉吉。」

樹鶯的鳴聲持續傳入耳中。南家小姐自幼就對這位出雲國女神的故事耳熟能詳，她覺得自己現在就像那位出雲的女神。

她緩緩伸出兩手，看著交疊在胸前的衣袖。跟在家的時候比起來，這兩個袖子看起來有點髒，有點皺，但沒有變成小鳥的翅膀。她又舉起手，觸碰一下嘴唇。自己的嘴並沒有變成鳥嘴。手指傳來的觸覺還是軟綿綿的。

我要是能變成法吉鳥——樹鶯——就好了。神話裡的女神為了躲避男人，走進深山的灌木叢中，然後變成了飛鳥。我現在為了那個陌生的幻影而失魂落魄，但卻沒法化身成為鳥兒，只能坐在這裡。至少也讓我變成一隻蝴蝶或小鳥啊，這樣我就能翩翩飛入雲霄，飛向那座山頂，去把幻影的真實身分弄清楚啊。

「呵吉，呵呵吉吉。」

聽到這聲音的瞬間，她以為是從自己的喉嚨裡發出來的。但是再仔細一聽，依然是從草庵外面傳來的。

南家小姐心頭乍現的靈光並沒有消失，她突然想起，好像在臨摹的書卷裡看過「法喜」這個字眼。法喜——就連天上的飛鳥，也會因為佛教的教誨而感動得發出這樣的叫聲嗎？

「呵吉，呵呵吉吉。」

戶外那隻唱得高興的樹鶯越叫越大聲了。

有時，年輕侍女也會來向小姐報告外面聽來的新鮮趣聞。不過侍女們提供的消息，跟說故事的老媽媽們說的完全不同。小姐在奈良府裡的閨房非常寬敞，府第後院共有五個相連的房間，小姐的寢室在最裡面，年長的婦人和年輕的侍女分別住在其他四個房間裡，總共有三十多人。最近這段日子，年輕侍女都在忙著收集藕絲，據說是因為其他氏族的府裡也在做這件事，所以那些侍女也急著下水摘取蓮葉梗，再從折斷的葉梗裡抽出藕絲。橫佩家庭院的水池裡原本也長著許多蓮葉，葉片的數量多得幾乎遮住整個池面，葉上的水珠總是不停地滾來滾去。侍女們忙碌地採摘之後，池中的蓮葉日漸減少，反射在水面的陽光穿過蔀戶，照亮了小姐的閨房。現在那些侍女正在房裡埋頭作業，有人折葉梗，有人抽纖維，還有人把幾股纖維揪在一起，拈成細線。

小姐有時也在一旁專心觀察那些侍女的精巧手藝，只見眾人「噗嗤、噗嗤」地折斷蓮葉梗之後，用手指把纖維拈成八股、十二股或二十股，然後耐心地把纖維搓成藕絲，再把藕絲一根一根連結起來，存放在績麻桶[105]裡。奈良府裡的侍女們也要負責採桑養蠶的工作。所以每年一到夏季，家裡那些婦人就特別忙碌，可能因為這個理由，她們總是脾氣不太好。

對於年輕侍女搓藕絲這件事，婦人們最先根本不屑一顧，因為她們認為，只有百濟、高麗移民到大和國的織工才做這種工作。不過日子久了，她們似乎也漸漸對搓藕絲產生了興趣。

「真有趣，這好像是介於絲線跟麻線之間的一種奇妙紡線啊——如果不會斷掉就太好了。」

據說各氏族用這種方式搓成的藕絲，最後都要上繳到各地的大小寺院，再由寺院的女織工織成布料。這些織物更具天竺風味，比較沒有唐土色彩。事實上，各府的侍女最初開始搓藕絲，不過是為了自己積功德罷了；但誰也沒有想到，先是搓幾捲，然後搓幾捆，日積月累地做下來，最後她們竟都愛上了這項作業。不過這些藕絲最後會被做成什麼衣物，她們卻完全無法想像。

年輕侍女折斷蓮葉梗的時候，總是很有技巧地盡量從梗心當中拉出長長的纖維，然後像搓蠶絲線似的，把幾股缺乏韌性又容易斷裂的纖維揪在一起，搓成一根一根藕絲線。當她們手裡熟練地進行這項作業時，嘴裡也都一秒不停地聊著世間的八卦。這種事在貴族家庭，當然是不允許的。但是對這些充滿好奇心的年輕人來說，叫她們閉嘴不准聊天，還不如叫她們去死呢。所以大家總是趁著那些貴族夫人稍不注意，悄悄地交談幾句。小姐在一旁雖然並沒有特別在意，但那些閒言閒語還是斷斷續續地傳進她的耳中。

「聽說樹鶯那樣鳴叫，其實是叫著『法華經、法華經[106]』——」

105　績麻桶：存放麻線的木桶。麻線的做法也跟藕絲一樣，用幾股纖維搓成細線，然後連結起來。

106　樹鶯的叫聲聽起來接近「法吉」的日文發音，但日本自古也有人認為，樹鶯的叫聲聽起來更接近「法華經」的日文發音。

「喔？為什麼呢？」

「因為《法華經》裡提到過一個故事*。據說天竺的佛陀曾經告訴信徒，女身不能成佛，但佛陀最後還是為女子開闢了成佛之道。」

「或許這話從我一個女子的嘴裡說出來，有人會覺得我在誇大其詞，不過現在的社會已經變成這樣了——」

「如此說來，只要不斷誦念『法華經、法華經』這部佛經的名稱，來世的苦難也能在現世解脫？」

「天竺的女人真的變成了那種鳥，然後不斷誦念那部佛經的名字啊？」

這段對話不知何時傳進小姐的耳中，之後，她就一直念念不忘。那時小姐才剛發願抄寫一千部《稱讚淨土佛攝受經》，但抄寫的進度一直毫無進展。現在，這段對話又在她恍惚的耳中重新閃現。

無意間，小姐腦中忽然升起一種想法：

「說不定法吉鳥的前世是一位可憐的女子吧？她雖發願抄寫佛經，但還沒抄完就死了……如此說來，我若是抄不完一千部，將來我的靈魂會變成什麼呢？大概也是小鳥或小蟲，然後不斷發出悲鳴吧。」

小姐身為貴族千金，從來都不需顧慮任何事。她跟過去幾百年之中的幾萬名貴族女子一樣智慧未開，既沒有知識，也不用大腦，但她現在突然有了自己的想法，就像一朵待放的蓮花，緩緩伸展花苞。

「這隻樹鶯，哎呀！吵死了！吵得人心煩。」

突然有人粗聲發出斥責。原來是當麻語部的老婆婆。說著，她猛然起身，伸手推開草牆上的蔀戶。那道牆跟大門呈垂直狀，窗口似乎是朝著北面，窗前有一叢茂密的細竹，幾乎把窗口完全遮住。陽光透過竹葉間的縫隙，斷續地閃爍著光芒。

小姐閉上雙眼。有好一會兒，她就這樣隔著眼皮欣賞著無數條光線構成的光影，腦中不自覺地想起前天黃昏，在那道山峰的頂端看到的燦爛光輝。

半晌，草庵四周一點聲音也沒有了。太陽正在逐漸升起。昏暗的草庵裡，小姐開始感受到正午之前的暖意。

不久，門外來了一大群僧侶，其中包括三四名帶路的僧僕，還有五六名寺裡的高層僧官。

「敝寺叫做古山田寺。」

一個沙啞的聲音故做鄭重地在門外說道。

「這種事，一點也不重要——重要的是，先把我們小姐……」

小姐家的族中大老額田部子古忍不住大聲吼道，他早已焦急得咬牙切齒了。

這時已有人動手拆掉草庵的大門，掛在旁邊的幾張菰草編織的草蓆，也發出一連串被人扯下的聲響。

身狹乳母立即竭力掙扎著爬到小姐身旁，用自己的身子遮住小姐，她不想讓戶外的光線直接射在小姐身上，也不能讓男人，尤其是庶民看到貴族千金的臉孔。

這時，一名隨行的奴僕已從大樹上折來一根頂端分成雙叉的樹枝，再把幾卷專供旅途使用的絹帛綁在枝梢上，然後把樹枝插在地上。眨眼之間，小姐就有了這種臨時帳幔充當的屏風。而在屏風的前方，則是一步也不肯移動的乳母端坐在那裡。

十二

額田部大老怒氣沖沖地向那群僧侶大聲嚷道：「等我回到奈良，一定要向社會公開這件事，請大家評評理。」接著，他氣勢洶洶地警告那些僧侶說：「我要讓大和國把你們這些奴才通通趕出去。」說完，他還亮出許多跟橫佩家關係深遠的貴族姓名，其中包括了當朝最有權勢的太師*。最後，大老露出凶狠的表情威脅道：「貴族們對這件事都不會坐視不顧的。」

聽了大老這番訓斥，寺院的代表也不肯退讓，他據理力爭說：「南家小姐身為貴族千金，卻擅自玷汙佛門淨地，甚至破壞了結界，我們怎麼能就這樣放她回去？小必須在寺院境內找個地方，長期齋戒，深刻反省，向佛陀贖罪才行。」

南家的大老們跟外界交涉時，不管自己有理無理，一向都仗著南家的權勢強迫對方低頭。但他們現在心知肚明，寺院跟普通人不一樣，不能按照以往的規矩辦事。於是大老把乳母請來商議。但這婦人只是個平凡女子，一輩子都沒碰過這種事，她對眼前碰到的這個問題也不知如何是好。

當麻語部的老婆婆從剛才就站在一旁不肯離去，這時她突然開口說道：

「這件事，寺院的代表說得有理，應該按照人家說的處理。」

身狹乳母一聽這話，立刻把這鄉下語部的老太婆狠狠地斥責了一頓，又叫來幾個男僕，把那雙手緊抓著屋柱、身體緊貼著榻榻米的老婦拉了出去。真不愧是貴族千金的乳母，這種威嚴的氣派，她可是與生俱來的。

「小人的身分卑微，哪裡懂得如何處理這種事。現在就算想要派人去向太宰帥請示，無奈路途實在太過遙遠。我看，眼下也只能按照小姐的意思處理吧。」

除了這個辦法，乳母和大老真的也想不出其他對策了。奈良的府裡雖然人手較多，但他們大多得聽從小姐跟前這幾人的命令，根本不可能想出更好的辦法。於是大老和乳母等人商議決定，必須立刻派人到難波去報信，而小姐這裡則暫時先按照小姐的意思處理。

「小姐，您有什麼想法呢？如果您一定要回奈良，並不是辦不到。只是，這些寺裡的僧人、僧奴，他們肯定會合力阻撓吧。而奈良府上的權勢，在這裡又使不上力。所以說，沒有弄清小姐的想法之前，我們也不敢隨便處理。還請小姐明示。」

這是個非常棘手的問題，身在其中的貴族千金怎麼可能知道答案？乳母和子古大老都認為問了也是白問。誰知小姐卻像神靈附體似的毫不猶豫地開口了，她毅然地說了一句話，所有聽到這句話的人都覺得，再也沒有比這句話更明確的回答了，而且，所有人的不滿都因為這句話而得到化解。

「我自己犯下的過錯，由我自己承擔。我就在這座寺院裡，在二上山的山腳下，用我的身、我的心，來贖我的罪。在我清償罪孽之前，我不會離開。」

身狹乳母雖然每天都能聽到小姐的聲音和話語，但她從沒聽過小姐說出如此打動人心又通情達理的措詞。

其實，是否按照寺院代表提出的方案行事並不是重點，最讓乳母感動的，是小姐竟然擁有如此睿智的判斷力，而且言語之間毫無一絲躊躇。半晌，身狹乳母只顧著流淚，嘴裡一句話也說不出來。「現在才知小姐的心靈如此明智聰慧。」乳母暗自感嘆著，連頰上的淚水都忘了擦拭。她把小姐的回答轉告了子古，還誇張地描述了自己從沒體驗過的激動。

「那我現在立刻趕到難波去。」

說完這話，子古大老突然想起一件事。朝廷即將出兵征討新羅*，原本預定在今天或明天就要派遣使臣前往筑前[107]。所以現在暫住在難波的太宰帥，說不定也得再度遠赴太宰府吧。想到這裡，子古大老覺得事不宜遲，必須立刻上路，他決定只要能夠騎馬的路段，就盡

107　筑前：指「筑前國」，飛鳥時代的律令國，範圍相當於現在的福岡縣西北部。

量騎馬，先繞路向北走，過了大阪之後，再轉往河內，直奔難波。

於是子古向萬法藏院的代表表示，想向他們借用寺裡唯一的那匹馬。寺院代表當場就痛快地答應了。「小人現在立即趕往難波，太陽下山以前必定回來。」這兩句話從子古那張牙齒稀疏的嘴裡說出後，他又在院裡朝著小姐的帳幔磕了一個頭。

子古出發之後，周圍重新恢復了悠閒恬適的春日景象。乳母向小姐建議道，出門欣賞一下陽光照耀下的群山吧。為了防止閒雜人等躲在樹叢裡或山路的背陰處偷窺小姐，乳母立刻派出幾名僕人，先到一兩百公尺之外的沿途維持秩序。安排好一切之後，乳母這才陪著小姐走出大門。

這時的小姐已不是那個暴風雨的晚上獨自走過添下、廣瀨、葛城……等處遼闊山野的女孩了。她的兩手現在分別搭在乳母和另一名年輕侍女的肩上，緩緩地踏著步子向前走去。陽光顯得非常渾濁，但是空氣裡既然沒有繚繞的雲霧，也沒有蒸騰的熱氣。在斜射的陽光照耀下，小姐昨天欣賞過的山川景物，都拖著飄渺細長的身影。青山環繞四野，看起來就像一道青綠的牆垣，山腳下的陰影彷彿被斜陽拉成長長的裙襬。

早開的紫花地丁——也就是紫雲英[108*]——已經零星地在四處綻放。遠遠望去，前方盡是一片紫得發紅的大地，好像夕陽的紅雲飄落到了人間。小姐發現腳邊有一朵盛開的紫雲英，便不自覺地跪在花叢裡凝神欣賞起來。

「這是……」

「這花叫做紫花地丁。」

伺候貴族的僕人向來都是用這種方式把萬物的名稱教給主人。

「跟蓮花有點像，卻比蓮花更小——看到它就像看到畫裡的佛花……」

小姐一面自言自語，一面細細打量腳邊的小花。看著看著，小花突然變成了佛陀腳下的巨大蓮座，但在下一秒，蓮座又在瞬間變回了小花。

「晚風變涼了，我們還是回去吧。」

乳母說。小姐轉眼望向四周的山影，山巒的色彩更濃郁，更鮮明了。

前方不遠處有一片山谷，對面是幾座林木蔥鬱的山丘，還有層層堆疊的山崖，再向上方望去，只見二上山男岳的頂端早已被夕陽染成紅色。

108　紫雲英：也叫做蓮華草、蓮華、紫草。花瓣為紫紅色，花朵的形狀很像一朵迷你蓮花，所以有些地方也把它叫做蓮花紫草。

今天的黃昏又是那麼寂靜，四周的山巒正悠閒地逐漸隱身於晚霞之中。

「哎呀，哎呀，都這個時間了，您不該待在外面啦。」

十三

南家小姐在前一天親眼目睹了「晨起見喜」的吉兆，這對她來說，是一種嶄新的體驗，也是之後遇到更多未知體驗的開端。在普通人的眼中，南家小姐最近遭遇了一連串困境，但是對小姐來說，那些經歷都是令她驚訝的新鮮事。每次碰到這類事件，她都忍不住暗自嘆息：「我真的是什麼都不懂啊。」但是嘆息歸嘆息，每當遇到意想不到的問題時，她又迫切希望在輕鬆應對中把問題應付過去。譬如今天發生的一切，就跟之前碰到的意外一樣，小姐也再次目睹了解決問題的經過。

今世的塵緣如同過眼雲煙，不斷流逝，難以捨棄。小姐現在閉著雙眼，想把那些逝去的殘影一一留在心底——黃昏剛剛降臨，草庵周圍已經安置妥當。室內燃起一盞從寺裡借來的大型油燈，燈架上的火光輝煌燦爛。孔雀明王雕像已被人搬了出去，因為據說這座神像擺在女子的居室裡，實在太過猙獰；而更重要的理由，是因為小姐的床榻應該設置在安寧舒適的環境裡。今晚的氣溫一直到深夜都很暖和。床榻四周垂著幔帳，帳中有些昏暗。搭在橫樑之間的頂板[109]上，早已掛上一盞驅趕山中魑魅的油燈。燈光悠然搖曳，給人帶來既可靠又安心的感覺。乳母和年輕侍女似乎都已在小姐的床榻周圍睡著了。大夥兒都是剛才躺下的，現在已經全都發出了熟睡的鼾聲。小姐終於鬆了口氣。

就算不能見到幻影裡的那個人，但我已經來到幻影中的山腳下，而且還能心情輕鬆地躺在這裡。

燈光照在小姐額頭上方的空中，形成一團模糊不清的光暈。這塊發亮的部分，像明月一樣渾圓，彷彿是由無數個滿月重疊組成的。或許因為門縫裡不斷吹來微風，那團光暈時隱時現，閃來閃去，突然，光暈的部分變成了一輪明月，射出燦爛的光芒。在那團又大又圓的亮光裡，隱約可見幾層陰影。

小姐只顧著沉醉在滿懷的幸福裡，竟把那件事忘了。然而，那個聲音今晚還是從山谷傳進她的耳中。夜深了，遲來的月亮現在才終於在空中升起。

她聽到一個聲音——「踢踏，踢踏」……一路響著，逐漸向她靠近。但在下一秒，那聲音又忽然停了。她豎起耳朵聽了一陣。原本寂靜的夜色裡——那聲音，突然像一陣奔騰的激流，「轟」地一下響徹山谷。

「踢踏，踢踏，踢踏。」

接著，那聲音又突然停了。

在這麼狹窄的草庵裡，那腳步聲到底要響到什麼時候？

「踢踏！」

霎時間，小姐想起一件事，坐在幔帳中的她立即全身僵硬起來。緊接著，身體便開始不斷地簌簌發抖。

「天若日子……」

她想起昨夜當麻語部的老婆婆告訴她的故事。難道是故事裡那人趁著夜色來偷窺自己嗎？

§

109　頂板：奈良、和歌山、大阪、三重等地的住宅習慣把天花板上面的空間建成閣樓，地上鋪一層竹蓆。這層竹蓆搭在屋樑之間，作用相當於天花板，叫做頂板。

青馬的耳面刀自，
吾盼刀自亦盼妹，
盼妳為吾誕玉女，
僅需一女來婚配。

§

小姐從來不知害怕為何物，但她現在第一次清晰地感到一種受到催逼的恐懼。啊！那首歌在她心中復活了。原想忘掉的歌詞現在從她無法吟唱的嘴裡念了出來，句句蘊含著明確的含意，在她胸中發出砰然巨響。她感到一陣劇烈的心跳，好像心臟就要從胸口跳出來似的。

忽然，幔帳像被風兒吹動似的輕輕鼓起。

剎那間，一股冰冷的寒氣傳來……

她閉上了雙眼，但在闔上眼皮的瞬間，她看到了幾根雪白纖細的手指，就像一隻骷髏的手——抓著幔帳的手指，閃著白光。

「南無阿彌陀佛。啊！尊敬的阿彌陀佛。」

小姐不加思索地從嘴裡說出這句話。說完，她感到心情突然放鬆了，汗水嘩地一下冒出來，一股寒意傳遍她的全身。身為貴族千金的她從沒體驗過恐懼，所以這種震撼的感覺很快就恢復了平靜。

「南無，南無阿彌陀佛……」

她又試著念了一遍。這是她前天抄寫的《稱讚淨土經》裡的經文，現在又在她腦中浮現。昨天之前，小姐從沒見識過寺院。父親從前雖在家中舉辦過誦讀經文的聚會，但她就連躲在竹簾後面聆聽說法，父親也不允許。即使她已抄寫過經文，但經卷裡究竟講些什麼，她也無法領悟。或許，她偶爾還是能體會其中某些句子的含意吧。只是她做夢也沒想到，自己的嘴裡竟會突兀地冒出這句話。

白色的手骨，彷彿幾顆白色玉石排成的那隻骷髏手，始終映在她眼底，久久揮之不去。帳幔仍像剛才一樣垂掛在床前，但她總覺得似乎有幾根玉石般的手指正在幔帳之間輕輕撩動。

小姐深深陷進了某種情緒，但她弄不清那種感覺究竟是悲哀還是懷念。她想起那個佇立在山巔之上的幻影，那時曾舉起雪白的手掌向她召喚。而現在從近處望去，那隻手就像海濱的白色石子，看起來那麼乾枯孤淒。

§

她正在一片綿延漫長的海灘上前進，海風不斷從左右兩邊吹來，她的髮絲也被風兒吹得飄舞飛揚。浪潮不斷撲到腳邊，她之所以知道自己正在海濱行走，是因為腳下的道路其實就是海中道[110]。海浪前仆後繼地從道路的兩邊打上來，這條跨海的道路一直向前延伸，看不到盡頭。她踩著細沙向前走，不久，海水漸漸淹沒了細沙，但她依然繼續踩沙前進。就在她一心以為自己走在細沙路上時，突然發現砂石中混雜了許多白得發亮的玉石。她彎身撿起一粒，然後又撿起一粒，不管她怎麼撿，那些玉石一放進掌心，頓時碎成粉末，隨風飛散。她依然繼續撿拾玉石，但那些玉石正在慢慢被水淹沒，最後全都消失了蹤影。她懷著悲哀的心情伸出兩手，想從水中掬起玉石，但她掬了又掬，嘗試了無數次，白色的玉石卻像水一樣從她的指縫間流走——不久，玉石又重新出現在細沙上，一粒一粒排成一列。小姐連忙彎腰去撿，一股奔騰的巨浪撲過她的背脊，然後夾帶著無數泡沫奔流而去。

終於，她總算撿起一粒白玉。這塊玉石好大好亮啊。這想法浮現在腦中的瞬間，她已被一股大浪向前推倒。隨波浮沉的身軀……沒穿上衣，也沒穿裙子。她的手裡抱著一塊跟她身體一樣大的白玉，她跟白玉已經合而為一，照得水面閃閃發光。

她一頭栽進水裡，「咕嚕咕嚕」地迅速下沉，一直沉到水底。她的軀體變成一塊浸泡在水中的白玉，然後，變成了白珊瑚樹，一株長在水底的樹。她的雙腳變成樹根，雙手變成了枝枒，頭上長滿搖曳生姿的美麗海藻，被深海的波浪推來推去。最後，一道月光射進水底——她這才輕鬆地吐了口氣。

陣陣沉重的呼吸聲傳來，就像海女[111]潛到海底五六十公尺之後浮出水面時發出的喘息。那聲音使她恢復了意識。

啊，原來是一場夢。那晚一路走到當麻的記憶，依然印象鮮明地印在腦中，但她並不記得在路上遭遇過這種苦難。而現在回想起來，她覺得自己好像仍然繼續走在前天的那條路上。

那是從水面射進海底的月光！她剛意識到這件事的瞬間，身子已經滑溜地迅速浮出海面。原來這一切，只是一場不留痕跡的夢。但是當她抬眼仰望頭上的頂板時，她突然發現一件事。啊！亮光穿透水底的月亮就在那裡。跟剛才一樣，那個好幾層光暈堆疊而成的圓盤正

110 海中道：《日本書紀》裡提到的一條分開海水通往海底之國的道路。這條道路其實是連結志賀島與九州本島之間的沙洲，位於現在的福岡市東區，全長八公里，北臨玄界灘，南接博多灣。

111 海女：以潛水的方式捕魚或採集鮑魚、珍珠等海產藉以維生的女性漁人。男性叫做海人。

在悠然搖蕩。

「南無，南無阿彌陀佛……」

這句經文再度從她嘴裡冒出。那個發光的圓盤越來越亮了，就連數層光暈之間的陰影都看得一清二楚。漸漸地，那些漆黑或灰暗的陰影凝聚起來，亮光裡慢慢地顯出輪廓鮮明的胸部、肩膀、腦袋和頭髮。他的右肩裸露著，白皙的肌膚非常美麗，兩眼的眼皮下垂，正在俯視小姐的睡姿。他就是小姐那天黃昏在山巔上看到的幻影——他的兩手分別放在胸前與膝上——每根手指都像白玉做的。

小姐重新坐起身子。天花板上的光暈還是跟剛才一樣，若有似無地微微晃動著。

十四

「俗話說，豪門伴權貴，奴才配僕從……」

太師*臉上的表情永遠都那麼和顏悅色，行為舉止永遠都那麼穩重大方。大伴家持雖在年輕時代就被氏族裡幾十個家族和全國數萬族人推選為族長，但是像這樣坐在太師的面前，他還是感到對方身上散發出一種無聲的威嚴，令他無法不感到懾服。

「別拘束，開懷暢談一番吧。剛才那句俗話，是叫做奴才的不可貧嘴饒舌。但你我都是身分尊貴之人，自然可以隨意閒聊。老實說啊，像我這樣，官越做越大，現在連我這個貴人，也跟奴才一樣不敢亂說話了。哎，您看像我這樣，究竟是該嫉妒還是羨慕啊？」

家持這時正在暗自納悶，難道多聞天王的臉孔真的長成這樣？但不論怎麼看，他都覺得不像。如果菩薩雕像真的是模仿太師的臉孔打造的話……他的思緒一下子飛到了從前。那是在八年前，他剛從越中國回到都城。當時社會上那種繁華熱鬧的景象，現在又浮現在他腦中。家持回京後不久，東大寺就舉行了大佛的開光典禮*。那時他曾近距離瞻仰過菩薩，佛像的尊容具備了所謂的八十種好[112]，看起來似乎有點像誰，但他想了半天也，也想不起來究竟像誰。當時留在腦中的印象，現在終於找到了答案。

看著面前這位主人的面容、身姿，如果說他就是毗廬遮那佛[113]的化身，大概也不會有人反對吧。

「您也發表一下自己的看法呀。雖說官位不同，但你我都是古老氏族的一員嘛——對吧？我在紫薇中台[114]為國效力，您也在兵部省擔負重任，像官職頭銜之類的東西，只有世俗之人才會在乎。回到自己家裡，你我可是從神話時代就延續至今的族長交情啊。對吧？」

家持聽人說過，這位大人只知模仿唐朝的新制度，非常看重漢詩漢文，而對日本的本土學識，反而不太重視。現在聽他說出如此令人欣慰的話，心中不由得生出幾分感激。這種喜悅之情，有點像在意外的地點遇到知音的感覺。

「聽說您手邊收藏了許多宋玉[115]、王褒[116]的作品，是您從前去太宰府的時候收集的吧？那時您還那麼年輕，真可謂後生可畏啊。對了，您——您氏族裡有個古麻呂[117]，還有個跟您家關係很近的奈良麻呂[118]，他們這些人啊，別說漢魏文學，就連現在的唐朝小說，都不放在眼裡，所以也不值得跟他們談論這些吧。」

太師說到這裡，兵部大輔才終於明白自己該怎麼接下去。

「不瞞您說，以往只讀辭賦，都覺得厭倦了。不過現在到了四十多歲，我才開始深深體會，從前讀過的那些作品，都是創作感人詩歌必備的基礎啊。對了，最近我改變了創作方式，所以把張文成的作品拿出來重新瀏覽一番，還是這位先生比較……」

112 八十種好：佛教語，指佛陀的八十種好相。如：無見頂相、鼻高不現孔、眉如初月、耳輪垂埵、身不曲、身柔軟、儀容滿足、威振一切等。

113 毗盧遮那佛：意譯為「大日如來」。釋迦牟尼佛共有三個化身，分別是法身、報身與應身，各自代表著佛陀的不同層面和顯現。毗盧遮那佛即是佛陀的法身佛，代表佛陀的無盡智慧與覺悟。

114 紫薇中台：天平勝寶元年（西元七四九年）設立的新機構，專門處理皇太后的財產等事務。但事實上，這是光明皇后授意交給仲麻呂掌理的政治與軍事機關。機關的首長叫做「紫薇令」，後來改名為「紫薇內相」。

115 宋玉（西元前二九八—二二二）：戰國時代楚國鄢人。是詩人、辭賦家，傳世作品有《九辯》等。中國成語如「下里巴人」、「陽春白雪」、「曲高和寡」等都來自宋玉的故事。

116 王褒：西漢時期的辭賦家，出生年月不詳。字子淵，別號桐柏真人。

117 大伴宿禰胡麻呂（不詳—七五七）：奈良時代的貴族，《萬葉集》寫道他是大伴旅人（大伴家持的父親）的侄子。

118 橘宿禰奈良麻呂：父親橘諸兄是奈良時代的皇族，也是敏達天皇後代。橘諸兄在聖武天皇時代深受朝廷重用。聖武天皇去世後，即位的孝謙天皇因母親光明皇后的出身背景，開始倚重藤原仲麻呂。奈良麻呂對仲麻呂的專橫日漸不滿，暗中謀畫殺害仲麻呂，最後以失敗告終。

「您說得太對了。不過，以您現在這個年紀，還能保持年輕的心態，臉上皮膚看來那麼柔嫩，畢竟還是託宋玉的福吧。而且外面都謠傳，您經常避開眾人耳目，四處遊覽，看來這可不是謠言，也證明您的身體還是非常健壯。哪像我從以前就只知道閱讀張文成的作品，感覺自己的精神氣力早就被耗盡了——不過啊，文成的作品真的太好了。據見過他的人說，這位仁兄確實是一位滿腹經綸的大唐文士，思想方面跟大和精神完全一致，相信您也贊同我的看法吧。」

「不只有文成給我這種感覺，那邊的作品讀起來，好像總能教給我一些新東西。有時在無意中回想起來，還會得到一些意想不到的感想。我這種感覺，也不知從什麼時候開始出現在腦中的——有時甚至還讓我感到難以形容的恐怖。您大概也有過相同的經驗吧？」

「是的，是的，天天都有這種感覺。但終究又能如何呢？誰也沒打算吸取這麼多知識——不過啊，女子還是暫時關在昏暗的閨房裡，別讓她們接觸新知吧。要讓她們活得悠閒自在一點。更重要的是，這也是為了我們男人呀。」

面對這位滿懷體諒的大人，家持心底升起一股年輕人特有的勇氣，覺得自己可以對大人暢所欲言了。

「的確如此。女子一旦有了知識，就沒法安分地待在沉悶的閨房裡。別的不說，就拿橫佩大院的……」

說了一半，他覺得不該提起橫佩家的事。但另一方面，他又覺得自己生出這種顧慮，實在是自貶身價，等於把大伴氏從昔日尊貴的位置上拉了下來。

「哎呀，哎呀，您千萬別顧慮什麼。我們倆可是族長的交情啊。哎呀，我又說錯了。我還沒當上藤原氏的族長，還算不上族長之交。」

太師的臉上瞬間閃出一絲陰影，但是一眨眼，他的雙眉之間又變得閃閃發亮。

「您是指我姪女突然神隱吧？這件事情真是充滿了謎團，您認為這事是因為她腦袋裡有了新知嗎？嗯，這種解釋很有趣。那我姪女心裡現在一定很高興吧。如此說來，其實您也是那些暗中打探消息，給她傳送情書的求愛者之一吧？」

「被您說中了。」

家持這時不再矜持，便輕鬆地鼓起勇氣，承認了太師提出的疑問。

「這種事，還是您經驗豐富。原來是因為小姐才智過人，才挑不到女婿啊……」

「這——您這真是一語驚醒夢中人啊。恕我直言——小姐的天生資質不同於一般常人。她可是藤原氏的千金，生來就背負著擔任枚岡齋姬的宿命，所以凡夫俗子都必須趕得遠遠的。千萬不能讓他們接近小姐，哈哈哈哈哈。」

笑了一陣，太師突然停下笑聲，露出十分嚴肅認真的表情看著家持說：

「可是啊——想必您也聽說了，據說她離家出走之前，曾經發願抄寫一千部〈阿彌陀經〉，之前好像也已抄過許多經文，譬如像《樂毅論》，還有我兄長抄寫過的《元興寺緣起》，不僅如此，她從小就學習《孝經》之類的經書，稱得上是一位女博士了。您這種整日沉溺於楚辭、小說，把自己搞得形容憔悴的俗人，是沒法靠近她身邊的。我們家這位千金啊，就像十一二月的毀垣雪女[119]，是會把家裡的圍牆壓垮的——只是，像她這麼聰慧的女子，怎麼會神隱呢？」

「最奇怪的是，據說她被人發現的地點，是在當麻村……」

「那地方跟藤原氏也不是毫無淵源，中臣壽詞[120]裡面就提到過二上山……難道她是因為不想成為齋姬，也不願被稱為某夫人——所以打算去當尼姑？我一想到這種可能，就覺得心裡發慌。也沒法那麼輕鬆悠閒了。」

說著，太師皺起眉頭，那張英俊的貴族臉孔原本沒有一條皺紋，也看不出一絲老態，現在卻顯得有些扭曲。

「總之啊，窈窕淑女是國之瑰寶。如果可能的話，最好把她獻給神明，不要許配給凡人——難道我身為凡人的這點奢望也辦不到嗎？反正啊，不能這樣隨隨便便就把她送進尼姑庵。」

「不過，大人，我最近讀到一句經文：『一人出家，九族升天』……」

「九族升天有什麼用？幾百人當中也沒法培養出一個國寶呀。歸根究底，還是要怪家兄過分沉迷佛教吧——所以他的家人就自然而然地受到了影響——對了，您可不能把府上的小姐教養成那樣啊。要不然，我們久須麻呂可就為難了。」

說著，太師像是抓到他人短處似的露出揶揄的微笑。家持看他拚命想把話題岔開，也頗能體會他心中的感傷。

「家兄現在是族長，我是副族長，而氏族裡地位最重要的齋姬，則是身在枚岡神社的姑母，年紀已經很老了。去年春日祭的時候，我看她擔任巫女站在祭壇前的模樣，就忍不住暗自感嘆，姑母真的是老態龍鍾了。南家在我們這一代若不能獻上一位齋姬，而北家卻有那麼多能夠擔任齋姬的女兒，到時候，他們一定馬上會搶走族長的位子。」

119　毀垣雪女：雪女是日本傳說中的妖怪，據說是山神的女兒，常在雪夜出沒，用美色誘惑男子，然後把獵物凍成冰塊吃掉。此指十二月的大雪會壓垮竹籬，就像雪女一樣可怕。

120　中臣壽詞：也叫做「天神壽詞」。壽詞即賀詞，古代天皇的即位典禮上，由負責掌管祭祀、神事的中臣氏向天皇朗誦一篇賀詞。太師仲麻呂既是副族長，當然是知道中臣壽詞內容的。

對兵部大輔大伴家持來說，這種結局也可能在他身上重演。大伴氏的幾支旁系當中，家持這一支能夠連續四代擔任族長的重責，主要是因為朝廷賜予的恩澤，同時，也因為他們這一支得到了社會的信賴與認可。而更重要的是，他家能夠毫無間斷地連續生出好幾位美麗的齋姬。大伴家向來有一條家規：只要女兒不曾公開許配人家，就算是結了婚，生了孩子，也還是可以擔任齋姬。就像大伴家現在的齋姬阪上郎女[121]，她已經生過兩個女兒，仍可擔任齋姬。聽到這裡，家持想，這種事，我可不能大意，因為我們家和藤原家一樣，都是由姑母擔任齋姬，雖說我家姑母現在還不到引退的年紀，但誰又知道將來會發生什麼事呢？誰也不能保證齋姬這個位子不被別人搶走啊。總之，大伴和佐伯兩家*這麼多的家族和族人，我可不能讓他們去向其他的大伴家彎腰磕頭。家持想到這裡，心中掀起陣陣波濤。

「有些話，我知道不該對其他的族長說，可是您看，家兄今後不知多少年都得像現在這樣，明明人在難波，卻要對外宣稱自己是在太宰府。而藤原氏每年固定的祭典，除了在枚岡和春日兩地分別舉辦兩次之外，有時碰到有紀念性的年份，還得到鹿島或香取的舊神社*去舉行祭典。諸如此類的重要祭祀活動，現在都得由我出面主持。老實說，我這個副族長，比其他氏族的族長做得都多——所以我才會以為自己已經是族長了——要不然，我乾脆自封族長吧？您覺得怎麼樣？哈哈，您答不上來吧。就算要強行更換族長，只憑我自己的意願是辦不到的。除非是宮中降下旨意……」

太師惠美的府第*據說是京城裡最講究庭院設計的豪宅。大門坐南朝北，位置在左京二條三坊。主人全家居住的主屋南側特意闢出一塊極為寬闊的空地，地上築起林木深幽的山水風景，除了池塘周圍布滿茂密的林蔭外，池中還有模仿飛鳥宮殿林園而建的小島。庭院的東西兩側各開一道中門。雖說只是一座庭院，卻比處處都是空地的皇宮打理得更為精緻。

住在這座華麗庭院裡的貴族子孫，將來會是什麼模樣呢？兵部大輔不僅暗自思索。霎時，憂鬱的情緒從他心底升起。他望著面前的太師，心裡甚至升起一絲憐憫。

「別擔心。您覺得我這庭院布置得太奢華吧？其實也不算什麼。這所庭院造得再好，還是比不上故人的庭院啊。您看看淡海公的府第，現在怎麼樣了？幾支旁系子孫都沒繼承他的宅院，從前那麼宏偉，現在卻成了一片廢墟。對了，還有那個叫山部[122]什麼的，他連官位都沒有，卻在我剛滿三十歲那年，被選進宮去參加新年和歌會，當場吟了一首和歌：『昔日

121　大伴阪上郎女：「郎女」即「貴族家的千金」之意。大伴旅人的妹妹，也就是大伴家持的姑母。十六七歲時嫁給穗積皇子（天武天皇之子）。兩年後，丈夫不幸去世，又先後嫁給藤原麻呂（南家小姐的祖父）和同父異母的兄長大伴宿奈麻呂，並生下兩個女兒阪上大孃與阪上二孃。

122　山部赤人（不詳—七三六）：奈良時代的歌人。《萬葉集》裡收集了他的長歌十三首，短歌三十七首。

見舊堤，歲月漸老去……歲月漸老去，池畔水草生*。』結果怎麼樣？藤原氏的四支旁系還不是各自繁榮昌盛。還有更多的例子可以說給您聽呢——反正，這些跟庭院一點關係都沒有。」

太師似乎對自己的看法頗有自信，接著又向家持一一介紹院裡比較顯眼的景點，並且說明那些景點跟日本或中國之間的淵源。

不久，幾名小童沿著長長的走廊來到他們面前。

「為您準備了一點簡單的餐點，請用吧。」

太師鄭重其事地招待客人享用餐點。「快給貴客獻上好酒啊。」太師向僕人吩咐道。剛說完，立刻就有美麗的采女[123]把酒杯高舉額前，走上來敬酒。

「喔，您接過酒杯就行了。再讓她為您跳支舞吧。」

主人事事顧慮周到，客人還沒反應過來，主人早已把一切安排妥貼。家持坐在這樣的主人面前，只能恭敬地任憑擺布。

「宮裡還沒賞賜過采女給大伴氏的族長吧？想必您也聽說過，藤原家早就有此恩典，從淡海公那時起，近江宮就有賞賜采女的慣例。」

太師不時使用十分崇敬的語氣提起他家跟宮中的關係。兵部大輔從頭到尾都不能不謹慎地斟酌著遣詞用字。

「聽說有些奴才在背後嚼舌根，說我太有野心，為了搶奪族長的位子，居然把自己的兄長趕到太宰府去了——說來說去，終究是『奴才配僕從』啊。這話說得太對了。喔，至於我姪女那位千金大小姐……」

太師的聰明才智雖然超人一等，酒量卻很小，今天似乎喝多了，說起話來反反覆覆，總是在重複同樣的內容。家持便抓住機會，重新提起剛才聊了一半的話題。

「橫佩大院的那位千金，將來結果會怎麼樣呢？究竟要進神社、寺院，還是送進宮去？但是不管去哪，終究是虛度一生啊。若果真如此，著實可惜了。」

「不用擔心，不用擔心，擔心又能如何？反正她——可能無法重返凡人的世界了吧。」

說到最後，太師幾乎是在自言自語。說完，他突然陷入了沉思。這時雖然才下午三點多，池中傳來的水聲卻已夾帶著幾分寒意。

「真希望躑躅盛開的季節快點到來！一年當中，那時才是這座庭園最美的季節。我真有點等不及了。」

123　采女：天皇與皇后身邊的女官，負責服侍三餐與日常雜務。

太師藤原惠美押勝朝臣的聲音聽起來充滿朝氣，他的聲音裡除了單純的欲望，聽不出其他的情緒。

十五

「踢踏，踢踏，踢踏。」

南家小姐現在一心只盼著那晚再度降臨，那個腳步聲一步一步走向自己的恐怖夜晚。但從那晚之後，腳步聲一天比一天模糊，最近竟然完全聽不到了。那種恐怖帶來的快感，就像面對一座冰山時，全身顫抖得骨頭都在隱隱做痛的那種感覺。小姐最近幾乎每晚都滿懷期待，整夜睜著雙眼，好像唯恐錯過那種快感似的，一直等到雞鳴聲傳入耳中。

一連好幾個夜晚，她絕望地仰臥在床榻上，腦中比白天更為清醒。她已無心注意整夜發生過什麼，就連頂板上的那個曾經讓她如痴如醉的光暈，現在也不能引起她的注意。時間過得很快，住進這座草庵之後，一晃七天過去了；接著，又過了十天；然後，半個月也過去了。現在滿山遍野已呈現出一片春日景色，外形酷似野薔薇的彼岸櫻已經飄落了，之後是山櫻的花朵，此起彼落從山谷綻放到山頂。麥田的面積正以驚人的速度不斷擴大，田裡整天都能看到村民辛勤耕作的身影。

當初從都城趕來迎接小姐的奴僕當中，越來越多人開始感到擔心又沮喪，因為他們不知這種躲在深山一角虛度春光的日子，究竟還要忍耐多久。奴僕們都住在草庵旁邊臨時搭建的木板屋裡，誰也沒料到會在這裡住那麼久，現在更不知道還要住到什麼時候。有家眷的僕人滿腦子都期待著快點回到妻子身邊。尚未嫁娶的僕人除了思念雙親之外，也都迫切地渴望見到尚未公開的情人。侍女們長期接受鍛鍊，已經養成心如止水的習慣，所以在目前的情況下，她們仍然把工作放在第一位。男女奴僕的宿舍是分開的，侍女的木屋建在更靠近草庵的位置。

身狹乳母也能體察大家的心情，所以主動命令大部分男僕先行返回奈良，因為府裡平時即使沒有任何狀況，也一直處於人手不足的窘境。剩下來留在寺裡服侍小姐的，除了一位大老之外，只有幾名打雜的小童和男僕。

乳母和年輕侍女們都已隱約察覺，小姐每晚躺在帳幔裡輾轉反側，難以入睡，但她們都是思想守舊的女人，當然不能理解小姐為何整個晚上不是嘆氣，就是在惡夢中呻吟。

侍女們只是單純地推測，小姐那麼失魂落魄，應該就是因為靈魂出竅*了吧？甚至還有侍女建議說，要不然，再請幾位長老做一場山尋[124]*的咒術儀式，給小姐招招魂吧。

但是乳母當場拒絕了這個建議。因為她認為，小姐在當麻村住下的那天晚上，就是因為當麻真人的族人沒有跟奈良府裡的人商量，就擅自派人上山為小姐招魂，所以才讓小姐的狀況變得這麼糟糕。還有那個自稱是當麻語部的老巫婆，要不是她多事跑來囉唆，也不會惹出現在這種麻煩。

上次招魂的時候，二上山的兩座山峰之間那座古墳裡出現的怪異現象，村民們都知道了，而且都在暗中謠傳，甚至連古墳裡那位貴人的家人也都聽說這件怪事了。那個被意外喚醒的亡魂，肯定會緊跟著小姐不肯離去吧。好了，好了，大家不要隨便再提什麼招魂的咒術了。小姐只要像現在這樣，繼續待在魂魄離開肉體的地點，靈魂遲早會回到原本的身體裡的。乳母在腦中做出結論，她現在能做的，只有耐著性子再三告誡那些年輕侍女。

日子就這樣匆匆流逝，轉眼之間，一個月過去了，櫻花凋謝後，山谷間暫時陷入沉寂，然後，躑躅花像被點燃的野火似的在山野之間四處綻放。就連人們無法登上的懸崖上，山岩邊，都能看到一叢一叢正在盛開的躑躅。花兒彷彿在向世人宣告，深山的春季已經近在眼前。

一天，乳母和侍女們看到許多村中少女成群結隊地往山上走去，總共大約有幾十人。女

124　山尋：日本各地民間都相信，人死之後，靈魂會前往住家附近的山上，並停留在岩堆當中。所以像重病患者、死者、靈魂出竅者，只要確定他們的靈魂逗留的地點，就可在山上的岩洞或路邊進行咒術法事，把靈魂招回來。

孩們上山後，不知在哪兒住了一夜，第二天又從山上走下來，這時每個女孩的頭上都插著幾朵鮮紅的山花。一名侍女站在草庵的庭院裡看到這群女孩時，忍不住嚷道：簡直就像山上的躑躅林移到山下來啦。」

女孩們排著隊慢吞吞地迤邐前進，經過草庵門外時，大家都微微低頭向院內打個招呼。侍女們這時正閒得發慌，便從隊伍裡拉了兩三個女孩到木屋旁，想藉著閒聊打發無聊的時光。一個少女笑著對侍女們說：「當麻的農田現在正在播種，接著就要開始插秧了。到時候妳們都出來看熱鬧吧。別看我現在是這這副德行，到了那時，我可是全身充滿魅力的女人唷。」

「村裡剛開始播種的那塊地，叫做腰折田[125]*，據說連都城裡的人都知道這塊土地的故事呢……」

「一定又是那個老巫婆編造的古老傳說吧。」侍女們打斷了女孩的說明，「反正啊，我們這些在山上住過一晚的女孩，就是今年播種耕作的早處女*，這就是我們的標記。」說著，那個女孩非常珍惜地摸了摸頭上的躑躅花。

「再說點更新鮮的趣聞吧？」一名侍女們要求道。女孩跟侍女們雖然身分有高低之分，但都是年齡相仿的青春少女。所以幾名女孩又聊了些最近發生的鄉間傳聞，然後才陸續離去。不久，乳母們也聽說了那些傳聞，其中的一件事，讓她們感到特別在意。據說女孩們在山上住宿的夜間，曾經聽到有人「咚咚咚」地用力踏過木屋上方的山崖往山下走去。這件事就發生在昨天半夜。當時女孩們都做了惡夢，夢中幾乎無法呼吸，大家都聽到那腳步聲筆直地往山下移動。接著，又聽到一陣「嘎拉嘎拉」岩石崩裂的聲響。「發出聲響的位置，剛好就在這座草庵的正上方呢。可是那地方，根本沒有山路啊！」一個女孩說。所以女孩早晨起床之後，立刻趕去察看，果然不出所料，那地方只有一片塌陷的紅岩斷崖，而她昨夜雖然聽到巨響，顯然只有聲音，那個地方昨夜什麼事也沒發生。

乳母們聽完又想起另一件事。據村裡的居民說，最近每天晚上的子時與丑時之間，大家都能從村裡看到這附近的山頂有個閃閃發光的東西，有時還聽到山上不斷刮來陣陣狂風呼嘯。那種聲音，村民從來都沒聽過，所以大家都覺得非常害怕。

幾個女孩說完道聽途說的傳聞後，一起走向秧田。到了田邊，她們各自取下頭上的躑躅花，插在秧田旁邊的地上。那些女孩是在這天的白天經過草庵門前的，現在她們應該已在農舍的閨房裡睡著了吧。夜色越來越濃了。

侍女們最近都覺得輾轉難眠，今夜則因為白天受了驚嚇，所以全都早早地走進了夢鄉。

125　腰折田：地名，位於現在的奈良縣香芝市。

頭頂上方的山崖邊，正在巢中睡覺的鳥兒突然傳來一陣鳴叫。小姐立即睜開一雙毫無睡意的眼睛。接著，又聽到「唰」的一聲，好像是鳥類的翅膀被人扯裂的聲音。但除了這個聲音之外，整座山巒都被虛無的黑暗籠罩著。別說是其他的聲響，就連有生命的動物似乎也全部滅絕了，唯有時間的腳步正在一分一秒地向前移動。

小姐額頭上方的頂板表面，那團光暈正在朦朧中逐漸地變白變亮。亮光裡的暗影忽左忽右，搖來搖去，白亮的部分慢慢分割成好幾塊，然後在瞬間射出耀眼的光芒。不一會兒，亮光裡現出一朵巨大的花兒，是一朵灰白色的紫雲英；花瓣與花瓣互不相連，交疊處形成幾條黑影。這大概就是叫做青蓮的佛花吧？霎時，這朵被小姐視為世上最純潔的花兒，已在空中粲然綻放，盛開得像個大圓盤。光影黯淡的花蕊部分，似乎有什麼東西像雲彩似的晃來晃去。小姐用手撥開金色的花蕊，這才發現那些花蕊竟是金色的髮絲。而在髮絲之間，彷彿有一張莊嚴的面孔正在隱約浮現。低垂的眼皮下，一雙憂鬱的眼神俯視著小姐。啊！那肩膀、胸口、裸露的肌膚——他的肌膚好蒼白，看起來那麼寒冷。好，好可憐啊。

這時，小姐被自己的聲音驚醒了。但她似乎仍然身在夢中，嘴裡還是像在夢裡似的繼續說著：

「好可憐，他一定很冷吧……」

十六

山上長滿了五顏六色的躑躅，通常，同色花朵都在同時綻放，然後再同時凋落。前後約一個月之間，山上的各色躑躅相繼怒放，為山峰塗上絢麗燦爛的美麗色彩。這時已是初夏，蔚藍的天空下，原本光禿禿的山岩和冬季裡遍布枯枝的山巒，也都覆上一層豔麗的花色。或白或紫的短小花串垂掛在藤樹的樹梢，挺拔高聳的老樹枝幹，看起來孤獨又冷清。馬醉木的小花開得特別茂盛，看起來像雪花似的撒在樹下的草叢裡。說來這些小花也真令人憐憫，因為直到它們枯萎凋零，都沒能在人們心底激起任何漣漪。

每年到了這段日子，山嶺上覆蓋著滿天遍野的綠意，山谷也被茂密的林木層層遮掩，轉眼之間，郭公鳥唱破了嗓子，杜鵑鳥連忙繼續日夜鳴唱。

地面的草花像洶湧波濤般瞬間滿開，整座峰巒頓時變成一片花海。田裡的麥子很快就要收成了，水田裡也已布滿青綠，作物生長得如此迅速，令人感到驚訝不已。就連家家戶戶院裡的樹木草花，也輪番地開出各色花朵，好像這幅繁花盛景永遠都不會休止似的。但其實這種景象只是暫時的，庭院回歸寂靜的時刻終將降臨。不久，池塘裡的蘆葦拔高了，香蒲花開了，蘭草發出新葉，還有姍姍來遲的蓮葉，也在眾人差點把它遺忘時，猛地一下長得亭亭玉立。

從去年開始，大海對岸的新羅對日本的態度越發橫暴，甚至已到了無法置之不理的地步。太宰府曾經數次向都城提出請求，希望朝廷批准建造新戰船，以便用來征討新羅。而另一方面，橫佩家的豐成雖然表面上是被流放在外的太宰員外帥*，其實他一直住在難波的府裡，現在遇到如此紛亂的時局，也只好硬著頭皮設法應付不可預測的每一天。

豐成已從子古那裡聽說女兒在都城出事的消息。平時朝廷的使臣與家臣經常在都城與難波之間往返，如果他想寫封信，指示家人如何處理這件事，原本是很容易的，但他現在卻覺得非常為難。因為這件事從表面上看起來，似乎無關緊要，實際上卻攸關著整個家族的命運。也因為這個原因，豐成那優柔寡斷的老毛病就比平時更加嚴重了。

他已寫信給幾間寺院，拜託寺裡那些跟他頗有交情的僧侶朋友去敦促當麻寺，請他們妥善處理。橫佩大院那些大老和老太太已經三番兩次派人去向主人請示，但是豐成總是一味地含糊其詞，只吩咐眾人務必好好兒保護主人家的千金。

「老爺大概在下一封信裡就會做出指示，告訴我們具體做法吧？」府裡派來的眾人天天都在期盼中度過。日子就這樣一天一天地過去，他們跟著小姐暫住山野，心中唯一的希望，就是小姐出竅的靈魂能夠返回肉體。但那些年輕侍女倒沒有過分擔憂，她們最近都聚在池邊，把已經長得很高的蓮葉梗一根一根折斷，然後堆在一起。這天，一名寺院的婢女看到這情形，忍不住提醒侍女們說：「那些蓮葉梗還太嫩了，應該再等半個月才能採收呢。」說完，這名婢女又說：「我帶妳們到院裡的蓮田去吧，寺裡就是為了採收蓮藕，才在那裡種了一池的蓮花。」

其實，現在朝廷裡的那些貴族，原本也都是農村的大戶人家。後來雖然漸漸變成官宦之家，但是大人物回到自己家裡，生活形態還是保留了一些農家模式；譬如房屋的結構、屋前的廣場、家中的器物……更重要的是，家裡那些女人的起居作息或服飾，雖比從前優雅了數百倍，但在日常生活裡，她們仍然無法擺脫舊日的農婦習性。每年到了秋收季節，已到夫妻分居年齡的已婚婦女*，經常自行前往離家很遠的別墅，在那裡住上幾天。類似這種習俗，直到現在仍然有人奉行，從來不曾中斷。

所以說，別說是家中照顧小姐的幾位老太太，就連那些年輕侍女，也從來不肯無所事事地躲在昏暗的閨房裡虛度時光；她們有著一身在自己的村中學到的手藝，而且都很願意為主人貢獻一份力量。

譬如裙褲壓褶是一種極為關鍵的縫紉技巧，擁有這種手藝的女孩也很多，但是手藝特別出眾的話，旁人還是會另眼看待。還有像衣袍的鰭袖[126]，為了讓外觀看起來精緻漂亮，有些女孩便在針腳上縫些別出心裁的花樣作為裝飾。類似這種精湛的技能，並不是任何家庭都能傳授給女兒的，而家裡若是出了一位手藝出色的女兒，就能給家族增光，讓全家都感到很有面子。一般的女孩對於染布、裁縫之類的技巧，簡直癡迷到熱衷的程度，就像她們馬上要去跟陌生的農家女孩比賽似的。至於染布技術方面，摺染[127]和搗染[128]則是婦女時常操作的技藝，所以在大家頻繁的嘗試中，每年都會發明一些不起眼的改進；而在浸染方面，因為朝鮮半島的技工帶來了新技法，浸染[129]技術也出現了驚人的變化。現在不論要染成紫色或深紅色，染漿都不再按照舊方式處理，而染出來的成品卻比從前更加豔麗、耀眼。儘管朝廷已經頒布了服色禁令[130]，並且正在逐步推行，但是閨房裡那些女人穿著什麼顏色的衣服，朝中官員哪裡看得到呢？

一般的百姓家中，主婦的職責主要是敦促全家維持正常生活，同時還要隨時鞭策自己刻苦勤奮地操持家務，這項任務到了貴族家中，就落在那些出身貴族的老太太肩上。年輕侍女通常都來自農村，雖說貴族家中並不需要她們下田幹活，但是跟晉身豪門之前比起來，她們每天的工作其實跟從前在農村生活時沒什麼兩樣。唯一不同的是，每位貴族家中都供奉著幾位神明。這雖是一種榮耀，卻也給她們帶來許多不便。譬如出門的時候，為了不讓奴僕看到自己的臉孔，侍女們必須把斗笠拉得低低的，還要用一塊垂下的薄紗把臉孔遮住。

不久，十幾名跟著婢女前往蓮田的年輕侍女回來了。她們的衣服上全都沾滿了汙泥，看來是跟著那名婢女一起下過蓮田。侍女們並排站在草庵前面，每人手裡都抱著一大把長得十分茁壯的蓮葉梗，就連平時不苟言笑的乳母看到她們那副邋遢的模樣，也不禁捧腹大笑起來。

「小姐，您看！」

眾人為了讓小姐看清門外的景象，好不容易忍住笑，把掛在牆上的菰草蓆掀起來。

「呵呵……」

但身為貴族的小姐，根本不懂大家為何發笑，也不知侍女做了什麼令人訕笑的事，她只看到大家今天的模樣跟平時不一樣，這讓她感到非常羨慕。

---

126 鰭袖：為了把衣袍的袖子加長，在袖口另外接上一段衣袖，這段袖布叫做鰭袖。

127 摺染：把布疋放在刻好花樣的紙型上，用刷子沾上染漿刷在布疋上。

128 搗染：把花瓣或樹葉放在布疋上，不斷用石塊敲打，使植物的汁液染上布疋。

129 浸染：把布疋放在染漿裡浸泡染色，叫做浸染。

130 服色禁令：當時的朝廷禁止一般平民穿著深紅或深紫色的服裝。貴族則按照官階與身分，各有禁用的色彩。

「那個叫什麼田的地方，我也想跟妳們一起去呢……」

「別胡說！」

最近在侍女們這個小圈子裡，有些人在答話時經常使用誇張的表情和語氣說出「別胡說！」這句話。或許是因為大家對身狹乳母覺得反感吧，因為她總喜歡管東管西，讓大家覺得十分拘束。所以大家才會模仿乳母的語氣說話吧，彷彿這樣就能平衡心裡對她的反感似的。

從這天開始，年輕侍女們展開了抽絲的作業。晚上大家都在閨房裡就寢，有時還能在閨房的暗處聽到男人的聲音。住在奈良府裡的日子實在令人懷念啊。不過到了第二天清晨，大家又像什麼都不曾發生似的繼續把藕絲搓成絲線。

幾天之後，侍女們從搓好的成品裡挑出六七捲絲線給小姐過目。

「乳母，這絲線像蝴蝶翅膀一樣美麗，不過看起來卻比蜘蛛絲還脆弱……」

說著，小姐難得地露出微笑。她那表情似乎是在嘉勉侍女們的辛勞，也對她們做事不夠周全而表示惋惜。

乳母露出訝異的表情插嘴說道：

「原來如此，這絲線真的太脆弱了。」

這天，侍女們返回木屋後，一直樂此不疲地談論著白天的事情，大家都顯得既興奮又開心，毫無心機地直接說出心中的想法。

「真的好想再到蓮田去唷！」

侍女們再三重複著這句話。

不久，乳母把年輕侍女召集起來。

「妳們必須紡出不容易扯斷的紗線，否則根本派不上用場。」

乳母向眾人發出指示。一名侍女問道：

「那請問您有沒有什麼好辦法呢？」

「這……」

小姐身邊這些乳母平時只知嚴守舊習，等到需要提供新想法時，她們就跟普通老太婆一樣愚蠢。

這時，小姐突然說出一句令人意外的話：

「妳們按照我的辦法試試看吧？」

這群思想保守的女人向來都認為，蔑視貴人等於就是褻瀆神明，然而，她們現在卻從心底升起一絲類似輕蔑的情緒。

「可以像夏天把麻田的麻莖搓成細線*那樣，把蓮梗放在太陽下面晒得更久一些，把纖維弄得更細一些……」

小姐一字一句地說著，就像她正在心裡書寫一道肉眼看不見的神諭。

於是，侍女們採來的蓮梗很快就被攤在木屋前的地上曝晒。等到葉梗完全晒乾後，再放進山谷的水池浸泡。這樣反覆數次，泡完之後曝晒，晒完之後浸泡，過了幾天，再把晒好的蓮梗全部鋪在草蓆上，由侍女們輪流用木槌敲打。隨著響亮的槌聲不斷傳來，蓮梗也變得越來越柔軟。

小姐偶爾會跪著移到門邊，從門內觀看外面的侍女勤奮工作。乳母本想勸阻小姐不要拋頭露面，但是看到她若有所思地凝視著眾人，也就不忍開口說什麼了。

晒好的蓮梗先撕成八股，每股再分成好幾個小股。小姐的眼中充滿了期盼，始終無言地盯著侍女們手上的作業。

最後，就連乳母都忍不住提議：

「我也來幫忙搓藕絲吧。」

於是眾人一起動手搓了起來，搓了再搓，捲成圓筒狀的線捲一天一天變多起來，捲好的線捲都堆在草庵裡，越堆越高。

「今天開始進入水無月[131]了。」

乳母聽到小姐提起曆法的事情，不由得心頭一震。真的，今天正是開冰窖的第一天[132]啊。想到這裡，乳母害怕得全身顫抖起來。自古以來，人們認為曆法是神明賜予百姓遵行的時序法則，所以不論男女，百姓向來只知遵照神社長老的指示，進行各種村里或家庭的例行活動，也因此，不等長老提示就能事先知曉曆法的人，被公認是絕頂聰明之人。「難道小姐的靈魂快要返回肉體了？」乳母一面暗自疑惑一面提心弔膽地守在小姐身邊。小姐現在越來越能感受到秋分即將降臨，那種感覺並非來自心靈，而是隱藏在她的體內。不論生長在水池或蓮田裡的蓮花，葉梗都已長得很高，花苞也脹得又大又鼓。這天，寺院的婢女過來告訴大家，可以去採收蓮梗了。於是，侍女們又開始站在蓮田裡幹起活來，她們的手腳都沾滿泥濘，每天從早到晚忙得不亦樂乎。

131　水無月：陰曆的六月。

132　即陰曆六月初一。古人在冬季把冰塊存在冰窖裡，冰窖通常是在山地的背陰處挖洞建成。冰塊從冬天一直存放到夏季，每年六月一日打開冰窖，把冰塊獻給皇宮。

十七

彼岸中日的秋分黃昏終於降臨。這天清晨的空中雖有些陰霾，後來卻放晴了。藍中帶綠的天空看起來很像大海的顏色。中午過後，細碎的白雲開始頻繁地飄過空中，就像無數船隻正在排隊等候駛出海灣。不料，這時突然狂風驟起，天空的蔚藍變得更加清澄。到了天色逐漸變暗的時刻，蔚藍變成更深更濃的深藍。抬頭望去，山頂的空中就像布滿細長雲彩的日出時那樣，整個天空閃耀著深紅色光輝。

接著，山上開始刮來陣陣狂風。樹葉、枝枒之類青綠色物體都像有了生命似的撲向行人的臉頰。奴僕居住的木屋隨風搖來晃去，彷彿立刻就會倒塌。年輕侍女們全都躲進了小姐居住的草庵，大家都懷著恐懼的心情圍繞在貴族婦人四周，並把腦袋緊緊地靠在一起。屋裡的女人全都緊張得面面相覷，不知如何是好。一陣比一陣強勁的狂風不斷變換著方向，先是從正西方呼嘯而來，接著又從北方迎面撲下。緊接著一陣狂撲亂掃之後，風向又變了，這次不再從山上吹來，而是從平原往山區猛颳；只聽山上的松林不停地發出哀鳴，樹枝全被大風吹得向上豎起。山谷到山頂那片原野上的芒草好像全都要飛起來了，在狂風蹂躪下，草尖掙扎著往上伸展，葉片被吹得翻滾扭曲。

室內這時已經有些昏暗，但院裡的光線仍很明亮，金黃色的陽光照耀著大地，每件物體都顯得清晰鮮明。

「小姐她……」

不知是誰突然發出一聲驚呼。所有人都吃了一驚，好像頭上的髮絲都倒立起來的感覺。雖然沒人再說什麼，但大家都立刻明白了一切。她們都像從難以擺脫的夢境裡好不容易清醒過來，用力睜開兩眼一看，啊！小姐不見了！剛才乳母還讓小姐背靠自己坐在兩膝之間，然後用兩臂緊緊抱著小姐。乳母激動極了，差點就要放聲大哭起來，但她畢竟長年受過各種歷練，所以立刻恢復了平靜。乳母露出果敢的表情挺起胸膛，好像全身湧出無限的力量。

「誰去把弓拿來，鳴弦[133]！」

說完，等不及其他人動手，乳母就把靠在帳幔旁的白檀弓[134]抓了起來。

「來，大家聽著——現在開始踏禹步[135]。聲音再大一點——啊——噓！啊——噓！就像這樣，啊——噓！啊——噓……」

那些年輕侍女早已嚇得魂不守舍，一起發出警蹕[136]的呼聲，腳底也開始踏起禹步。

「啊——噓！啊——噓！」

「啊——噓！啊——噓！啊——噓！」

狹窄的草庵裡，侍女們一起踏著禹步繞室前進。從戶外望去，她們就像一群做法事的和尚正在誦經繞圈。

「請問小姐在這裡嗎？」

突然，一名萬法藏院的婢女喘著粗氣奔到屋簷下，站在石磚上向室內高聲問道。像這種無禮的行為，平時不論在任何情況下都不允許的。

「怎麼了……？」

眾人不約而同發出驚呼。

133　鳴弦：一種驅魔除厄的儀式。進行這項儀式時不用箭矢，只用手指撥彈弓弦使其發出聲音。通常是為了趕走病魔，或是發生不吉的意外時才舉行這種儀式。

134　白檀弓：沒有塗過油漆的檀木製成的弓。

135　禹步：陰陽師施行的一種代表性咒術。原本是古代氏族為了召喚守護神而進行的儀式，後來發展為天皇等身分高貴的大人物外出時，也以這種方式驅邪避凶；通常是由陰陽師先用力踩踏地面，念念有詞地念一段咒語之後，再踩著特殊的步子前進，貴人則跟在陰陽師的身後模仿其動作。

136　警蹕：原意是指天皇出巡時，隨從和侍衛為了維持秩序而在沿途清道。後來演變為陰陽師以咒術驅趕惡鬼的一種儀式。

「聽說，有個看起來很像小姐的人——站在寺院的門前，所以他們派我來向各位稟報。」

只聽乳母獨自大聲應道：

「什麼！在寺院門前！」

說完，正在繞圈的侍女們趕緊轉身跟在婢女身後，一面頂著夾帶碎石的狂風，一面踏著禹步快速前進。

「啊——噓！啊——噓！啊——噓……」

她們的聲音一直傳到遠處，尖銳的叫喊穿透狂風，響遍滿山遍野。

這時的萬法藏院沉浸在一片寂靜中。山嵐早已止息，好像從沒發生過似的。黃昏即將降臨，天色也越來越暗。位於山麓平地的寺院裡，鋪在地上的白砂閃閃發光，就像在白晝的陽光照射下那樣。從庭院望出去，二上山清晰可見，山頂上方的廣闊天空裡，夕陽閃著光芒，把天邊染成鮮紅色。

小姐原本正在山田寺的道場仰望天空，她突然發現，越過窗口看到的天空，竟然如此狹小，心裡不禁暗自神傷。恍惚中，她也記不清自己究竟是什麼時候走到這裡來的。或許因為心底的某個角落，仍然隱藏著什麼東西，讓她無法忘記自己是因為玷汙佛門淨土而在這裡齋戒反省吧。她踮著腳站在門檻邊，專心一意地凝視著山頂上的天空。

剛才暫停的狂風似乎又開始在山上迴旋呼嘯。但是寺院裡的黃昏卻是靜悄悄的，一點聲息也沒有。

男岳和女岳的連接處呈現中央凹下的曲線，曲線兩端緩緩向上抬高、延長，兩座山峰之間因此形成一片寬闊的坡地。這時，正在逐漸失去色彩的紅霞突然冒出銀白的火焰，照亮了瀰漫在山中的暮靄，就連暗處那團紫氣*也開始緩緩晃動。

這種狀態持續了好一會兒，天空亮得看不見任何物體，山峰上方的天際只能看到耀眼的白光。

半晌，靠近山頂的松林上方，逐漸浮現出尊者的肌膚、肩膀、兩肋、胸口，還有豐盈的身姿。而小姐始終專注地凝視的那張幻影面孔，卻顯得有些模糊不清。

「請把您的身影顯現得更清晰一點吧！」

小姐用力喊道，那聲音不是從她的嘴裡，而是從體內撐破肌膚向外噴出。山腰暗處那團紫氣已凝成飄盪的雲彩，正在緩緩下降。

現在已不只山巔與天際交接處發出耀眼的亮光，就連地面的粒粒砂礫都能看得一清二楚。那片紫雲靜悄悄地，毫無聲息地飄落下來，萬法藏院的佛殿、經堂、舍利塔、鐘鼓樓、山門、僧房、齋堂*，院裡所有的建築都放射出金光、紅光、青光，看起來比白天更為光彩眩目。

紫色雲彩晃晃悠悠地擦過庭院的砂石地面，輕盈地向前飄移，這時尊者的上半身已在雲彩中浮現，形象十分清晰，就像近在眼前一般。那張露出莊嚴微笑的臉孔，第一次在小姐的正前方與她對視。原本垂著眼皮的雙眼，像要對小姐表達認可似的，終於完全睜開了。

原本輕輕合攏的嘴唇，現在正在微微開啟，似乎想對面前這位女子說些什麼。

小姐覺得自己應該垂眼表示尊敬，卻又立即想到，千萬不能錯過眼前這一刻。所以她眼皮也不眨一下地凝視著尊者的姿容。

那句曾經抄寫過的經文，她一直相信那是對尊者的頌讚，這時又從她心底冒了出來。

「南無阿彌陀佛。啊！阿彌陀佛。」

轉瞬之間，周圍的亮光變暗了。近在眼前的雲彩，還有雲上的尊者身姿，也都漸漸失去光彩，然後緩緩上升，上升，升向天空。

小姐還來不及目送尊者離去，他的身影就像溶進二上山的頂峰似的忽然消失了。漆黑的夜空裡，只剩下漫天雲霧飄渺繚繞。

「啊—噓！啊—噓！」

耳邊傳來陣陣踏步聲和呼喊聲，那聲音正在逐漸向她靠近。

十八

當麻村裡最近充滿喜慶熱鬧的氣氛，好像連一棵草、一塊石頭，都顯得閃閃發亮。

不久前的一天，那天並不是祭祀氏神的日子，族長卻突然來到當麻神社舉行祭典。這座神社裡供奉的神祇是當麻彥[137]，也就是當麻真人一族的氏神。自從上總國長官當麻老[138]過世之後，族長親臨祭祀這種事還從來都沒發生過。

不僅如此，到了八月一日的前兩三天，奈良的皇宮那邊應該也會派遣御使前來祭拜。因為當麻氏出身的大夫人[139]所生的兒子，即將在八月一日那天登基成為新的天皇。

137　當麻彥：用明天皇的第四皇子麻呂子王，是當麻真人一族的始祖，也是「當麻神社」裡奉祀的主神，後人稱之為「當麻彥」。相傳是當麻寺的前身萬法藏院的創建者。

138　上總國長官當麻老：上總國位於今天的千葉縣中央。當麻老是奈良時代的貴族，「當麻」是氏族名，「老」是名字，由於後來天皇賜姓「真人」，所以有時亦稱「真人老」，全名應是「當麻真人老」。

139　大夫人：指當麻老的女兒山背，她是舍人親王（天武天皇第六皇子）的王妃，於天平五年（西元七三三年）生下大炊王，天平寶字二年（西元七五八年）大炊王即位成為淳仁天皇。當麻老因此成為天皇的外祖父。

南家小姐居住的草庵內部最近變得比從前更狹窄了，因為她派人從奈良的府中把高機 140
搬來架設在草庵裡。年輕侍女當中有一兩人很擅長織布，小姐讓她們示範了一下梭子和竹筘的操作方法。然後，小姐很快就學會了這項技術。從這天起，小姐從早到晚都坐在織布機前，有時甚至徹夜不眠地忙著織布。但那些藕絲總是纏成一團，要不然就是立刻被機器弄斷。不過小姐看來似乎很有信心，彷彿只要努力不懈，堅持到底，她一定能把布疋織出來。

最近這段日子，乳母經常露出滿面愁容，這種表情是她以往從來都不曾有過的。

「總之藕絲織成的這東西，比起唐土或天竺傳來的織物，可要珍貴多了。」

乳母以往從來不跟年輕侍女閒聊的，最近卻忍不住經常向她們發表感想。

「這樣會不會把絲線都浪費掉了？」

「還是趁現在加把勁，幫小姐多存些絲線吧……？」

聽了乳母這話，年輕侍女們都在暗中雀躍不已，因為她們馬上又可以走進廣闊的野外和蓮田去幹活兒了。

等到侍女們推著裝滿蓮梗的推車，重新回到草庵之後，大家進門第一件事，就是把路上聽到的當麻村大小新聞跟同伴分享。

「小姐的堂哥，也就是惠美大臣府上那個還沒成年的小兒子，他母親也是當麻真人氏出身呢……」

「以後大家都得看惠美大臣府那位叔父的臉色行事了。」

「把兄長趕去當太宰帥，自己卻爬到兄長的頭上，一下子擔任紫薇內相，一下子又變成太師，爬到這麼高，究竟是什麼打算啊？」

這些女人的工作雖是侍奉貴人，有時也難免忘了自己的職責，而在背後偷偷議論一番。

「閉嘴！閉嘴！吵死了！」

乳母終於忍不住，開口訓斥了這群女人。只是這位身狹夫人的心頭似乎也被什麼東西壓著，有種無法一吐為快的感覺。她轉頭看到專心忙著紡紗織布的小姐，搞不懂小姐究竟為什麼要做這些，不禁對她生出無限憐憫。

在這仲秋時節，原本白天四處亂飛的牛虻，現在都不知飛到哪兒去了，取而代之的蚊子倒是比從前多了很多。侍女們因為白天經歷了許多令人興奮的事情，現在都已鼾聲如雷。就連身狹乳母也避開夜明燈的光線，縮在屋角的暗處發出了沉重的鼾聲。

140　高機：一種手工織布機，主要用來編織絲綢類織物，所以沒有立刻普及到日本全國。織布時，梳齒狀的竹筘負責固定經線，纏繞在梭子上的緯線則往來穿過經線，如此反覆操作便能織出布疋。

小姐手裡的藕絲斷了又織，織了又斷，她的兩手早已酸軟無力，卻依然不肯放下梭子。

儘管如此，小姐最近的心情倒是十分充實。本來前些日子每夜都會看到的幻影，最近也不再出現，所以情緒也一直維持著平穩的狀態。

「我要用這台機器趕快把布織出來，幫他遮住裸露的身體。」

小姐滿腦子都只想著這件事。身為貴族的她並不知道，這個世界上也有無法完成的心願。

「咻，咻，嘎嗒，嘎嗒。」

「嘎嗒，嘎嗒，咻……」

為了順利操作竹筘，她不斷用兩手把藕絲拉到自己面前，誰知拉著拉著，絲線突然被卡住了，怎麼拉也拉不動，而且還看到絲線上掛著幾根拉斷的筘齒。

小姐嘆了口氣。她想，現在就算去問乳母，她也不知道怎麼辦吧。即使把那些侍女叫起來，織布機也不見得就能恢復運作。

「究竟要怎麼弄，才能讓它動起來呢？」

小姐有生以來第一次覺得垂在頰上的髮絲有點礙事。她細細觀察著筘齒，又把梭子拿起來敲了敲。

「哎呀，什麼時候才能做好一件柔軟的衣袍披在他的肌膚上啊？」

屋外的草叢傳來一陣蟋蟀的鳴聲，小姐腦中浮起了「綴刺[141]」這個字眼。

「來，讓我瞧瞧。您試試看這樣，就不會卡住了……」

一個似曾相識的聲音從織布機旁的遠處傳來。

出身貴族的小姐聽了這話，心裡只想著，這人一定是好意來幫我的，她連這人是從哪裡來的都不好奇。

「幫我看看吧。」

說完這句從沒說過的話之後，小姐便從織布機上走下來。

原來跟她講話的人是個比丘尼。小姐以前倒是看過兩三個頭髮剪短到及肩長度的女子，但是削髮為尼的女人她還從來都沒看過。

「嘎嗒，嘎嗒，咻，咻。」

織布機很快就發出原本運作流暢的聲響。

141　綴刺：蟋蟀的別名。蟋蟀的叫聲聽起來很像「綴刺」的日文發音，因而得名。「綴刺」的原意是把碎布拼接起來縫成粗陋的衣服。

「藕絲這樣是沒法織成布疋的。請您再走近一點，請看，這裡，要像這樣——看明白了嗎？」

是當麻氏語部老婆婆的聲音。不過小姐現在根本不在意這個女人究竟是誰。

「這裡，要像這樣——明白了吧？」

小姐天生聰慧，心如明珠一般透亮，任何事都能舉一反三，所以立刻看懂了紡織藕絲綢的技巧。

「讓我試試看。」

說著，小姐又重新坐回高機的座位，尼姑則側身站在織布機後方。

「嘎嗒，嘎嗒，咿啦，咿啦。」

現在連機器運作的聲音都變得非常悅耳了。

「『女鳥王[142]*的織布機，你在為誰織衣裳……』您知道這首歌嗎？從前有一位身分尊貴的女子，就像您這樣，坐在宮中的織殿織布，當時有個人站在窗外偷看她，然後向她問了上面這句話——然後那位身分尊貴的女子開口答道：『高飛入雲隼別王，為他織布做衣裳。』

「上次我跟您說過的滋賀津彥，其實就是隼別王，也是天若日子。後來天皇下令用箭把他射死——其實他是個極為俊美的男子呢。

「嘎嗒，嘎嗒，咻，咻。趕快——再不快點織出來，岩床都會結冰的冬天就要來了……」

聽到這話，小姐猛然驚醒過來。原來，剛才因為織布機動不了，她又想不出辦法，就坐在機上打起瞌睡。原來剛才跟那女人的對話，竟然是一場夢。小姐重新拿起梭子，試著推動織布機。

「嘎嗒，嘎嗒，咿啦，咿啦，咿啦，嘎嗒搭。」

這次，美麗的織物順暢地從筘齒之間冒了出來。

「嘎嗒，嘎嗒，咿啦，咿啦。」

小姐因為苦思而陷入瞌睡的這段時間裡，她的智慧又登上了另一種境界。

142　女鳥王：也叫做雌鳥皇女，古墳時代（大約在五世紀）的皇族，應神天皇的女兒。

十九

陰曆十五的月亮散放出燦爛的光輝。小姐今晚織完一反[143]上等藕絲白絹，年輕侍女們都忙著爭相讚美，而忘了這時已是深夜。

「這東西映著月光真的好美啊。」

「看起來既像縑[144]，又像朝鮮半島那邊傳來的織物——果然在這世界上，再也找不到比它更純淨的上等白絹了。」

乳母睇著一雙昏花的老眼，再三撫摸這塊美得無法形容的絲絹。她也跟那些年輕侍女一樣，正在開心地品鑑織物的厚重質感。

小姐第二次坐上織布機，只花了第一次的一半時間，又織出一反白絹，等到第三反白絹織成之後，小姐的心底浮起了新的不安。然後，第五反白絹也織完了，小姐不再繼續織布，

143　一反：測量布疋長度的單位，指「縫製一件和服的布料」，實際長度則隨布料的材質而有些微的出入。棉布的一反是「寬一尺，長二丈八尺」，絲綢的一反則是「寬一尺，長二丈八尺至三丈」。

144　縑：用極細的絲線織成的薄絹，質地較為堅硬。也叫做「綃」。

而是從早到晚都只顧著埋頭做針線。

陰曆九月的天空裡，新月散放出朦朧的光輝，同時也給人帶來幾分寒意。小姐想到那位尊者，在這麼寒冷的夜裡還裸著雪白的肩膀，心裡感到萬分不捨。

貴族家的子弟從來不需要自己動手做剪裁和縫紉之類的手工，但小姐現在卻不願把這項任務交給別人，她正忙著拆了又縫，縫了又拆，因為不知如何縫製一件相當於凡人體型數倍大的衣裳，她只好剪了又裁，裁了又剪，那幾塊好不容易才織成的白絹，已被她弄得越來越小。

侍女們只能在一旁看著小姐做手工，眾人整天都在低聲揣測小姐究竟要縫製什麼東西。日子一天一天過去，戶外的氣溫也越來越低。每個人都迫切期盼早日返回奈良的府中。一天，白天非常暖和，小姐正在昏暗的草庵裡半睡半醒地打著瞌睡，突然又看到那個語部的尼姑慢慢走上前來說道：

「您打算怎麼縫製呢？我看只能把幾塊白絹橫著或豎著剪成小塊，然後把碎布拼接起來，縫成像牆上的帳幔那樣，然後直接把它披在身上。您看，在這裡縫一根衣帶，白天綁在肩上就是一件衣裳。晚上解開衣帶，反過來覆在身上，就是一條被子。據說天竺的苦行僧披在身上的僧伽梨[145]*就是這樣的。趕快縫起來吧。」

尼姑說完，小姐立刻清醒過來，這才發現自己又做了一場白日夢。於是她動手把碎布拼接起來，不到兩天工夫，就縫成一塊很大的白絹布。

「小姐花了幾個月的時間，就只織成一塊幔帳啊。」

「真是太可惜了。」

年輕侍女們像是非常失望似的低聲議論著。小姐則懷著悲傷的心情思索著下一步要怎麼辦。

「只有這塊布還是太冷了。看起來就像一塊喪氈，就是那種葬禮時鋪在棺木底部的毯子啊。」

145 僧伽梨：僧侶穿在最外層的袈裟，也叫「大衣」，由九條布塊拼接而成。

二十

世人已經變得過分精明，語部那種獨白式的講古現在再也沒人相信了。從前只要從森林之類的地方經過，就能看到有人對著沒有聽眾的空氣在那裡自言自語，走上前去一看，才知那是氏族的語部成員。現在不論哪個村落的居民聽到這種事，都會認為是個笑話。但那位當麻村的語部婆婆，當她看到都城來的貴族小姐那麼天真純潔，對他人完全信任，就很想把自己知道的一切都告訴小姐。然而，小姐身邊那些人卻認為她跟小姐不是同一個氏族，所以立刻把她趕走了。

但是從語部婆婆遇到這位聽眾的那一瞬起，她的心底就生出一種頑固的執著。從那之後，不論是待在家裡，或站在草庵旁的樹蔭下，還是登上可以俯視草庵的山頂，這位語部婆婆就持續不斷地朝著小姐的方向喃喃自語。

今年八月，那位跟當麻氏關係密切的貴人*登上大位的喜訊傳來時，語部婆婆不禁暗自竊喜，因為她認為屬於自己的時代又要降臨了。但後來在祭拜氏神的儀式裡，語部婆婆並沒有被請去轉達神諭。於是她又升起另一種期待，以為天皇特使前來祭拜氏神時，會把自己叫去講述當麻氏的古老傳說。但是這個希望最後也落空了。

語部婆婆跟她的歷代祖先始終憑著記憶，口耳相傳氏族的古老傳說，在這段漫長的歲月裡，她做夢也沒想過這種出人意料的時代竟會降臨。當她意識到這已是事實的瞬間，語部婆婆只覺得驚恐萬分，好像被人推進一個陌生的世界。她失去了活下去的希望，三餐食不知味，喝水時只要一張開嘴，她就像囈語似的念念有詞地說起古老的故事。

秋意更濃了，語部婆婆眼看著越來越衰老，她已暗下決心，直到自己離開這個世界那一刻為止，她一定要繼續講述記在自己腦中的所有故事。她開始四處遊走，尋找距離小姐的耳邊最近的地點。

§

一天，小姐想起奈良的家裡還有許多大唐送來的彩色顏料。她想起這件事的時候已是深夜，但她還是立刻命人快馬加鞭，返回橫佩大院去把顏料取來。被小姐指派前去跑腿的，是一群女人當中唯一的男人，也就是當初被指定留下來服侍小姐的額田部大老。小姐以往從沒下過這種緊急命令，女人們聽到消息後，都吃了一驚，心裡七上八下的以為又發生了什麼不好的事情。結果還是由狹乳母出面安排，額田部大老才不太情願地踏上夜路趕往奈良。

第二天，顏料送到小姐面前時，她忍不住發出喜悅的讚嘆，聲音裡充滿了興奮。

女人們都在談論小姐縫好的那件袈裟，大家認為那塊布其實應該叫做五十條大衣才更合適。小姐提筆作畫之前，凝神打量著面前的藕絲白絹，過了很久，她才開心地拿起畫筆，也不描線打稿，就直接用筆沾著顏料開始在絹布上描繪圖案。不一會兒，一幅像七色彩虹般美麗的彩繪便在她面前綻放光輝。

她使用大量的青綠來表現殿宇樓閣層層堆疊的屋頂。為數眾多的屋柱和連綿不斷的迴廊，都塗上鮮豔耀眼的朱紅，空中布滿了奔騰的靛藍雲朵。畫面裡有座貌似寺院大殿的建築物，一縷形狀細長的紫雲正從屋頂飄然降落，雲層上方不斷湧出金碧輝煌的霧靄。小姐不斷揮動手裡的畫筆，似乎為了集中念力而付出整個生命。不久，金色霧靄開始凝聚成形，逐漸在雲中顯出一具紫磨真金[146]色的佛身——是跟俗人完全不同的尊貴形象。

小姐一筆接一筆迅速揮動畫筆，一心只想快點把那天黃昏在萬法藏院看到的幻影描繪出來。她筆下的經堂、佛塔和其他的伽藍建築，完全就是當麻寺的縮影。彩繪的畫面裡陸續出

146　紫磨真金：指略帶紫色的黃金，品質最上等的黃金才能具有此種色澤。

現無數悠然聳立的宮殿樓閣，一望即知那裡就是兜率天宮[147]*。而在四十九重如意殿[148]的內院浮現的尊者面容，就是那天黃昏曾在小姐眼前顯現的幻影身姿，她正在心底努力搜尋那張臉孔，並用手裡的畫筆記錄下來。

時間正在一分一秒流逝，那些婦人和年輕侍女都像忘了時間似的，一動也不動地呆望著小姐前方射來的霞光。

不久，小姐放下了畫筆，臉上露出和藹的笑容，大家原本圍成一圈跪坐在她周圍，小姐起身環顧眾人的背脊一眼，然後，緩慢無聲地離開了山田寺的草庵。當她踏出大門的那一刻，身邊沒有一個人意識到這件事。小姐正要消失在門口的瞬間，她回過頭，頰上閃出一線光輝，而那表情傳遞出的訊息細節，當然是沒有一個人能夠明白的。

§

小姐為幻影中的尊者縫了一件衣裳，還在絹布上繪製了圖案。雖說那幅彩繪具有曼陀羅形象[149]，但是畫面裡只畫了僅有的一具佛身幻象。那些被小姐拋下的婦人和年輕侍女後來瞻仰這幅佛畫時，越看越覺得好像有數千地湧菩薩*正從畫面裡不斷湧現。不過，她們之所以會有這種感覺，或許只是因為大家同時做了一場白日夢吧。

147 兜率天宮：即兜率天。佛教把眾生的世界分為三界：欲界、色界、無色界。欲界又分六欲天，兜率天是六欲天當中的第四天。

148 四十九重如意殿：據《彌勒上生經》記載，兜率天上有如意寶珠鑄造的四十九層寶殿，叫做「四十九重如意殿」。因為如意珠的梵名叫做摩尼，所以也叫做「四十九重摩尼殿」。

149 曼陀羅形象：「曼陀羅」是佛教用語，密教用來表現諸佛諸菩薩齊聚樓閣修道的模式化圖像。

《死者之書》譯者細節解說

一

他：這部小說在雜誌《日本評論》（一九三九年一月—三月）發表時，日本還有所謂的「不敬罪」，凡是暗示皇室的負面文字，都有可能被冠上「不敬罪」，而受到處罰。這裡的「他」，其實就是天武天皇（日本第四十代天皇）的兒子大津皇子（六六三—六八六）。讀者從後文引用《萬葉集》的幾首和歌，就很容易看出作者影射的是誰，但為了避免引起不必要的糾紛，作者才為「他」取名「滋賀津彥」。大津皇子從天武天皇十二年（西元六八三年）二月開始參與朝政。三年後的朱鳥元年（西元六八六年）九月，天武天皇駕崩。皇位本該由大津皇子的異母弟弟草壁皇子繼承，但草壁的生母鸕野讚良皇女（天武天皇的皇后，也是大津皇子的姨母）藉口草壁尚未成年，自行即位成為日本歷史上第三位女性天皇，後世稱為持統天皇。新天皇即位後，立刻就以「大津皇子受新羅僧人行心的慫恿企圖謀反」為由，賜死皇子。朱鳥元年十月三日，大津皇子在譯語田自縊身亡，年僅二十四歲。

「岩下馬醉木，我欲親手摘。」：這首和歌跟之後的另一首：「二上山頂一墓穴，吾弟明日葬於斯。我今猶活在人世，從此見山如見弟。」都被收錄在「《萬葉集》卷二。「岩下馬醉木……」是卷二第一六六首，「二上山……」是卷二第一六五首。《死者之書》第一章與第五章的主要內容都是大津皇子的獨白。作者就是根據《萬葉集》卷二的這兩首和歌寫成了這兩章。兩首和歌都屬於輓歌類，內容描寫大來皇女（大津皇子的姊姊）對弟弟的悲慘命運表達哀傷。

二

難波通往飛鳥：這部小說的故事舞台是平城京，也就是奈良時代（七一〇—七九四）的日本首都。這一章的劇情發生在前一個時代，也就是飛鳥時代（五九二—七一〇），當時天皇的行宮位於難波（今天的大阪市），叫做「大隈難波宮」，皇宮建在飛鳥（今天奈良縣高市郡明日香村大字飛鳥附近）。

藤原南家小姐：原文為「藤原南家郎女」。「郎女」是古代對公卿貴族家的女兒的尊稱，也就是現代的「千金」、「小姐」之意。飛鳥時代許多貴族女性的名字裡都有「郎女」二字，譬如聖德太子的妻子就叫做「刀自古郎女」。藤原氏在南家小姐的祖父那一代分為四支旁系：南家、北家、式家、京家。南家小姐的父親豐成後來成為族長，南家小姐是豐成的長女。本書作者曾在〈山越阿彌陀像之畫因〉一文中介紹，這部小說的主角藤原南家小姐，是以日本歷史上的傳說人物「中將姬」為藍本而創造的故事人物。傳說中的中將姬，是藤原豐成與妻子紫前經過多年拜求長谷寺觀音菩薩而得到的女兒，這位才貌雙全的貴族千金，九歲時因在百官面前彈琴，而受到天皇讚賞；十三歲成為女官；十六歲婉辭淳仁天皇求婚，入當麻寺出家為尼，法名法如；二十九歲圓寂。她最著名的事蹟，是在一夜之間用藕絲織成「當麻曼陀羅」圖像；這幅佛畫直到現在仍是當麻寺的本尊。

近江的滋賀宮：延續譯注「暗指當時象徵王權的宮殿」的說明。而在《萬葉集》裡把這座宮殿稱為「近江的大津宮」，而不是「滋賀宮」。本書作者發表小說時為了避免引起爭議，把「大津」改為虛構的「滋賀」。根據史籍記載，那座宮殿是以皇子的名字為名，而小說中則給復活的皇子取名為「滋賀津彥」，這一段的下文也提到，圓墳跟滋賀宮「有很深的淵源」。

三

山田寺：據《大和國當麻寺緣起》記載，山田寺是一間古寺，建造年代不詳，後來逐漸荒廢。推古天皇二十年（西元六一二年），朝廷決定在山田寺原址興建「萬法藏院」，但因為各種原因，工程中斷了；直到天武天皇十四年（西元六八五年），才又重新動工，並決定把萬法藏院改名為「當麻寺」。這一段是作者根據《私聚百因緣集》、《古今著聞集》、《中將姫行狀記》等資料而創造的故事細節。本書第十一章也提到，寺院的高層執事和尚表示：「敝寺叫做古山田寺。」

四

飛鳥翩翩明日香：「明日香」即是飛鳥時代的的「飛鳥京」，兩者的日文發音相同，都是「あすか」。「飛鳥翩翩（とぶとりの）」是形容飛鳥京的「枕詞」。「枕詞」的作用相當於冠詞，是日本古代韻文（譬如和歌）中加在某些特定名詞前方的修飾詞，一般由五個音節構成。和歌中凡是出現「飛鳥京」或「明日香」的時候，前面都固定加入「飛鳥翩翩」。「飛鳥翩翩」成為「飛鳥京（明日香）」的枕詞的理由，一說是因為飛鳥京的上空可以看到許多小鳥飛翔，另一說則認為是因為當時從朝鮮半島和中國大陸來了很多移民，他們在全國各地輾轉求生，就像飛鳥四處飛翔，最後這些人終於在都城找到安居之地。

神南備山在故鄉：神南備山是位於奈良縣高市郡明日香村飛鳥川左岸的山岳。

青馬的耳面刀自：「青馬」是固定用來形容耳面刀自的枕詞。但青馬的含意現已不詳，可能表示騎著青馬，也可能是地名。

梫木花：梫木即第一章提到的馬醉木的別稱。

微波粼粼大津宮：「微波粼粼」是和歌中固定用來形容大津宮的枕詞，原文「ささなみ」是細波、微波之意。「大津宮」位於當時的首都近江京，史料上有時寫作「近江大津宮」或「志賀之都」。

等到飛鳥京再度繁盛起來的時候：天智天皇六年（西元六六七年）首都從飛鳥京遷到近江京。但天智天皇去世後，當時的實際執政者大友皇子在壬申之亂中，敗給叔父大海人皇子（即天武天皇），皇宮也從近江京遷到飛鳥京。近江京作為首都僅有五年時間，便被廢棄了。

「數度遊磐余……」：大津皇子去世前寫下的短歌，收錄在《萬葉集》卷三．四一六首。作者在第一章提到池鴨的鳴叫聲，就是根據這首短歌虛構的情節。

天稚彥：日本神話裡的天神，其實就是《古事記》裡的「天若日子」。天稚彥是《日本書紀》裡的寫法。平安時代以後，《梁塵祕抄》、《狹衣物語》等古籍把天稚彥描寫為年輕俊美、擅長音樂的天神。日本民間傳說裡的天稚彥因為愛上女神下照姬，背叛諸神而被處死，這個傳說給他染上一層愛情悲劇的色彩。

五

沒有食邑，沒有封戶：《日本紀》記載，古代的天皇或皇族沒有留下子嗣時，在位的天皇便將土地和百姓賜予已故的天皇或皇族，好讓前代的名字流傳後世。日文把這些百姓叫做「子代」或「名代」，兩者應該有所不同，但兩者的區別現在已不可考。這種制度跟中國西周時代的食邑制有點類似，不同的是，周王是將土地與百姓賜予有功之人。

午夜兩點：作者根據《萬葉集》、《源氏物語》等書有關民俗的具體描寫，構築了這部小說裡的古代民眾生活。

六

藤原氏的本籍地：最初叫做「藤井之原」，後來改名為「藤原京」。持統天皇將首都遷往奈良的平城京之前，在這裡建設藤原京，並在城中建造了藤原宮。

右京三條第三坊：「右京」應是「左京」之誤。原文寫「東城的右京」是很明顯的錯誤。因為左京、右京是指天皇坐北朝南時的左手邊、右手邊，所以東城應是左京，西城則是右京。奈良時代的僧侶延慶撰寫的《武智麻呂傳》裡也明確記載，武智麻呂的府第位於左京。平城京的市區規畫採用「條坊制」，縱向從北向南共分九「條」，橫向則以皇宮正前方的朱雀大街為中線，將市區分為左京與右京，兩京地區分別以中線為起點，分別向外側畫分為四「坊」。所以藤原南家小姐的府第在地圖上位於平城京西側的三條大路與三坊大路的交叉處。這段文字之後還有一段提到小姐家的位置在「三條三坊」，表示她家的佔地長度為一條，寬度為一坊，相當於一個規畫區的大小。

大和心：指藤原豐成的性格豁達，向來遵從傳統精神行事，並不急於吸收唐朝的文化。他跟崇拜唐土文化的弟弟仲麻呂之間的對立，被後人形容為和魂與漢才之爭。

莊嚴的尊者：藤原南家小姐發願抄寫一千部《稱讚淨土佛攝受經》，這時是她開始執筆後的第三年春天，她的外表雖然顯得憔悴，但身體狀況還算健康。就在這一年的彼岸中日，夕陽西下之後，她又看到了尊者（阿彌陀佛）的幻影。據民俗學者池田彌三郎與關場武在本書的「補注」解釋，這段描寫是作者根據年輕時在藤原家隆（一一五八—一二三七，鎌倉時代初期的藤原氏後人）的墓前看到的落日景象，再融合佛教基本觀念的「日想觀」，以及大和民族崇拜太陽的民俗觀而寫成。「日想觀」是《觀無量壽經》提示往生阿彌陀佛淨土的十六種觀法之一，信徒在落日時面向西方正坐，專注觀察落日，即可知曉極樂淨土的方向。另據作者在〈山越阿彌陀像之畫因〉一文中解說，彼岸中日進行日想觀，是大和民族固有的傳統習俗。這段文字裡的「尊者」，既是阿彌陀佛也是逝者（即第一章復活的滋賀津彥）的化身。而這段描寫的具體形象，則參考了佛畫「山越阿彌陀像」。這是鎌倉時代（十三世紀）的作品，現在收藏在京都國立博物館。畫中描繪阿彌陀佛與眾位菩薩從西方極樂世界前來接引信徒往生的場景。這類主題的佛畫叫做「來迎圖」，而一般的來迎圖描繪的都是阿彌陀佛與眾菩薩乘雲飛降，但這幅作品中的阿彌陀佛與眾菩薩則是從山的背面露出上半身。類似的佛畫作品都被稱為「山越阿彌陀像」。

八尺鏡：《日本書紀》中寫為「真經津鏡」。《古事記》中記載，天照大神因不滿素盞嗚尊大鬧高天原，躲進天岩戶裡，導致天地陷入黑暗。諸神便合力製造八尺鏡掛在天岩戶前，並一起跳舞，想把天照大神引誘出來。後來天照大神果然感到好奇，諸神便趁機把天照大神拉出洞穴，天地之間才重新日光普照。

七

枚岡神社：枚岡神社奉祀的神祇是日本神話裡的天神「天兒屋命」，也叫做「天兒屋根命」，是中臣氏的始祖。而南家小姐的高祖父藤原鎌足原本的姓氏是中臣。所以天兒屋命同時也是藤原氏的始祖。

春日大社：天皇遷都平城京（奈良）之後，藤原不比等在和銅三年（西元七一〇年）負責建造的神社。社中供奉守護中臣氏與藤原氏的氏神，其中包括武甕槌命、經津主命、天兒屋命和比賣神。按照傳統習俗規定，藤原南家的長女應該成為氏神的妻子，終身侍奉氏神。

竹牆：作者在初稿中寫「結界」，後來才改為「竹牆」。

春遊：「春遊」在日本自古即是一年當中的重要民俗活動之一，作者在文中也介紹了活動的內容。所謂的「遊」，並非野餐之類的活動，而是指「鎮魂的咒術」或「鎮魂的舞蹈」之意。民俗學者柳田國男在《歲時習俗語彙》提到，春季的彼岸叫做「與日為伴」，民間都會整天外出，跟隨太陽的腳步四處活動。

八

豪族：日本全國各地有勢力的氏族。飛鳥時代以前，日本的豪族在地方擁有強大勢力，天皇不但賜姓，還賜予田倉與部民。大和王朝早期，豪族的實力大到可以廢立天皇，如吉備氏、蘇我氏。

一千幾百年：根據日本史的相關學說推斷，第一代天皇神武天皇即位於西元前六六〇年，飛鳥時代大約是西元五九二年至七一〇年之間，所以作者才說「皇位在一千幾百年當中幾番輪替」。

政權中心也隨著皇位更迭而數度搬遷：飛鳥時代的天皇相信風水之說，新天皇即位後，為了鞏固皇權，總是尋找對自己有利的地點建造新的皇宮與皇都。譬如孝德天皇建造的難波宮，天智天皇與大友皇子建造的近江大津宮，天武天皇與持統天皇建造的飛鳥淨御原宮，文武天皇建造的藤原京，聖武天皇建造的平城京。

蘇我臣：蘇我氏是古墳時代到飛鳥時代（六世紀—七世紀前半期）擁有強大勢力的氏族，而且代代都出大臣。蘇我氏的祖先據說是大和朝廷初期的大臣武內宿禰，後來被尊為神，不過他的大部分生平事蹟都屬於傳說。

各條各坊：平城京的市區規畫採用「條坊制」，縱向從北向南共分九「條」，橫向則以皇宮正前方的朱雀大街為中央線，將市區分為左京與右京，兩京地區分別以中央線為起點向外畫分為四「坊」。

淡海公：原文寫「祖父」，或許是筆誤，或許是故意。

嶄新的仕途人生：根據《日本書紀》記載，中臣氏的祖傳家業是神宮的祭司長。淡海公藤原不比等的父親藤原鎌足本姓中臣，天智天皇八年（西元六六九年），中臣鎌足去世前受封為大織冠，並由天皇賜姓「藤原」。鎌足去世後，由他的侄兒中臣意美麻呂暫時繼承「藤原」的姓氏，後來到了天武天皇二年（西元六九八年），天皇頒布詔書，命令鎌足的嫡子不比等與其子孫改姓「藤原」，其他的中臣氏族人恢復原來的舊姓。這一段文字跟第三章語部老婦講述的故事互相呼應。

大伴家持：大伴氏是從大和朝廷以來的武士家族，家持與父親旅人、祖父安麻呂、曾祖父長德，都曾擔任朝廷的高官。藤原不比等的四個兒子病逝後，家持獲得朝廷的新掌權者橘諸兄重用，被橘諸兄視為心腹，派他前往北陸的越中國擔任地方長官「越中守」。五年後，大伴家持返回都城時，藤原仲麻呂剛剛打倒橘諸兄，重新執掌政權，家持一改從前倒向橘諸兄的策略，開始向藤原家靠攏。

父親犯下的過錯：大伴旅人深受喜愛文學的長屋王（六七六—七二九）信任，成為長屋王倚重的人物。長屋王是天武天皇之子高市皇子的長子，也是奈良時代皇族勢力的重要代表人物，後來受藤原氏和聖武天皇策畫的「長屋王叛變」誣陷，被迫自殺。大伴旅人也因此被視為朝廷的叛臣。

承受著著越來越強的壓力：大伴家持於七五一年從北陸回京後，立刻被任命為兵部少輔。七五七年六月，也就是橘奈良麻呂（七二一—七五七）叛變前，家持被任命為兵部大輔。事實上，大伴氏的族人池主、古麻呂、古慈斐都參與了上述叛變計畫，家持對這件事也瞭如指掌。所以才對自己榮升的消息感到越來越強的壓力。

太師：太政官的最高長官是「太政大臣」，相當於唐朝的「相國」，後來曾一度改名「太師」，漢字亦寫為「大師」。本書的原文採用「大師」，但為了避免跟「大師」的另一個含意混淆，因此譯為「太師」。

藤原廣嗣：雖生年不詳，但因其弟出生於西元七一六年，推測出生於七一六年之前。與藤原南家小姐的父親豐臣（七〇四—七六六）是堂兄弟，也就是南家小姐的堂叔。廣嗣的父親宇合去世後，朝廷裡的反藤原勢力抬頭，廣嗣被貶至九州，他心中不服，上書彈劾，並在九州以「清君側」為名舉兵叛亂，史稱「藤原廣嗣之亂」。後來叛亂被政府軍平息，廣嗣也被處死。

九

代替女兒寫了一首和歌回贈給對方：本書作者曾經多次提到，按照當時的民俗，有意聯姻的男女雙方會互相寄贈情詩或情書，女方的回信通常是由親人代勞。

自己比他年輕了一輪：大伴家持生於西元七一八年，藤原仲麻呂生於西元七〇六年。所以家持才說仲麻呂比自己大了一輪（十二歲）。

新草混舊草，任由眾草生：大伴家持最先想起這首和歌（《萬葉集》卷十四．三四五二首）的後面兩句，接著，他又立刻想起前面兩句：「原上景致好，切勿燒野火。」這首和歌是家持在《東歌》裡讀到的，後來《東歌》裡的和歌都被家持收錄在《萬葉集》卷十四。

三形王：大伴家持跟三形王私交甚好，本文中提到的那場酒宴中，家持吟詠了兩首和歌，後來都被收錄在《萬葉集》（卷二十．四四八三首、四四九〇首）。

世間多變幻，無奈憶舊人：這首和歌即是上面提到的《萬葉集》卷二十．四四八三首。大伴家持企圖以這首和歌表達時代的變化與眼前景物對他造成的震撼，同時也對從前那個沒有變化美好時代，以及生活在那個時代的民眾表達懷念與羨慕。

十

大伴宿禰和藤原朝臣：天武天皇執政後，為了鞏固王權，除了首創「天皇」的稱號外，還實施「氏姓制度」，制定了「八色姓」，並按照氏族的政治地位賜「姓」，其中地位最高的「姓」是真人，其次是朝臣、宿禰、忌寸、道師、臣、連、稻置。「姓」的意義相當於稱號。大伴氏的稱號是宿禰，所以氏族的全稱是「大伴宿禰」，藤原氏的稱號是朝臣，所以全稱為「藤原朝臣」。

「八千矛……」：《古事記》上卷中記載，八千矛神為了向高志國的沼河姬求婚，寫了五首和歌表達思慕之意，這是其中的第一首。八千矛神的妻子知道後心生嫉妒，也用和歌表達心意，這個系列的和歌即所謂的「神語歌」。八千矛神即日本神話裡的大國主神，據《日本書紀》記載，大國主神是創造日本國的天神。

身為大和男子的父親所撰寫的文章：指佛教知識以外的日本古典知識。內典、外典代表中國傳來的知識。作者用這種方式表達父親為了給女兒進行精神教育，所以準備了各種書籍。

指尖經由手腕：貴族家庭的女孩接受感化教育的方式，除了用耳朵聆聽名人傳記外，還用眼睛閱讀，用手指、手腕進行書寫。因為當時的人們相信，文字蘊含的靈魂能夠經由書寫進入體內，並且起到鎮定心神的作用。

十一

呵吉，呵吉，呵呵吉吉——：樹鶯的叫聲。《出雲風土記》裡稱樹鶯為「法吉鳥」，因為叫聲「ほほき」聽起來跟「法吉」的日文發音相近，所以這裡音譯為「呵吉」。下文還提到「ほほき」也跟「法喜」的日文發音相近。「法喜」是佛家語，指「聞見、參悟佛法而產生的喜悅」。

出雲大社陪祀客神的女兒：據《出雲國風土記》記載，這位出雲大社的陪祀天神是神魂命，他的女兒神宇武加比賣命化身為法吉鳥（即樹鶯）飛到法吉鄉，成為當地的守護神。出雲大社是日本最古老的神社之一，位於島根縣出雲市，奉祀的主神是大國主命，另有五位陪祀客神，神魂命就是其中之一；《古事記》裡稱他為「神產巢日神」，《日本書紀》則寫為「神皇產靈尊」。

《法華經》裡提到過一個故事：指《法華經》的〈卷四．提婆達多品第十二〉裡關於八歲龍女成佛的故事。龍女是娑竭羅龍王最小的女兒，聰明伶俐，具有善根。在向佛陀獻上寶珠之後，忽然變成男子，成就佛果。

十二

當朝最有權勢的太師：指「太政大臣」藤原仲麻呂，他是藤原豐成的弟弟，也就是南家小姐的叔父。仲麻呂對唐朝文化十分嚮往，他掌權之後，把所有的官職強行改為「唐名」。「唐名」是指「跟中國官職相應的名稱」，譬如太政大臣相當於唐朝的相國、太師。

征討新羅：天平寶字二年（西元七五八年）日本遣唐使回到日本後，向天皇報告安祿山起兵造反的訊息，但事實上，遣唐使對安史之亂的認知還停留在兩年前的西元七五六年，而安史之亂早已在遣唐使返抵日本前一年就被平定了。安史之亂前後，新羅因獲得唐朝的支持，拒絕再當日本的附庸，兩國的關係出現了裂痕。藤原仲麻呂聽到安史之亂的消息後，於天平寶字三年決定動員四萬七千名士兵、三百九十四艘軍船，出兵征討新羅。但這項計畫最終因為孝謙上皇與仲麻呂之間的關係惡化而告終。

紫雲英：紫雲英跟紫花地丁不是同一種植物，但古代的有些方言把紫雲英叫做紫花地丁（參照江戶時代編纂的方言辭典《物類稱呼》卷三）。

十四

太師：指藤原仲麻呂。天平勝寶元年（西元七四九年），孝謙天皇即位後，因為她的母親光明皇后出身藤原氏，所以命令同族的仲麻呂擔任相當於宰相的「紫薇令」。當時全國上下都稱他為「太師藤原惠美中卿」，簡稱「太師」。

大佛的開光典禮：指東大寺的大佛。天平十五年（西元七四三年），聖武天皇發願建造大佛，經過六年的鑄造過程，大佛終於在天平勝寶元年（西元七四九年）完工，之後又花費三年時間建造佛殿，終於在天平勝寶四年舉行了開光典禮。

大伴和佐伯兩家：大伴氏和佐伯氏都是為大和朝廷提供武力保護的古代氏族。據說佐伯氏的祖先是大伴室屋（古墳時代貴族）的子孫，兩家的關係極為親密。

鹿島或香取的古老神社：枚岡神社裡面供奉跟中臣氏・藤原氏有關的四位天神：天兒屋命、比賣御神、建御雷神與經津主神。天兒屋命是中臣氏與藤原氏的始祖，也就是氏神，比賣御神是天兒屋命的妻子。建御雷神是鹿島神宮（位於現在的茨城縣鹿島市）的主神，經津主神是香取神宮（位於現在的千葉縣香取市）的主神，這兩座神社在當時是大和朝廷控制東日本的根據地，跟中臣氏．藤原氏的關係極為密切，所以兩位天神才被迎進枚岡神社接受供奉。

太師惠美的府第：也被稱為「田村第」或「田村宮」。據《續日本紀》記載，太師的府第佔地十分廣闊，左京四條二坊東邊的佐保川與菰川之間的地區全都屬於太師府佔地。

昔日見舊堤，歲月漸老去……歲月漸老去，池畔水草生：這首和歌收錄在《萬葉集》卷三第三七八首，內容是山部赤人吟詠已故太政大臣藤原不比等府第的庭園景色。

十五

靈魂出竅：古時的日本人相信，人的靈魂可以不受意志控制，自由出入肉體。「招魂」則指出竅的靈魂被重新喚回肉體。下面提到的「山尋」，就是一種招魂的方式。

山尋：本書第二章也描述了九位長老前往二上山為南家小姐招魂的儀式。九人的裝束打扮跟死者相仿，「手裡不斷揮動布條」，這是招魂的固定手勢。作者曾在〈抒情詩的展開〉一文中有所說明（參見《折口信夫全集　第八卷》（中央公論社，一九六六年），第二六〇頁）。

腰折田：據《古事記》與《日本書紀》記載，垂仁天皇（紀元前六九年—七〇年）在位時，出雲國出現一位勇士，叫做當麻蹶速，垂仁天皇便命天津神的後裔野見宿禰跟他一決勝負。結果當麻蹶速被野見宿禰踩中腰部，腰骨折斷，當場死亡。所以後人把當時兩人舉行競賽的地點叫做「腰折田」。

早處女：也叫「早乙女」。據作者在〈盆踊的故事〉一文中說明，古代日本人認為，從事農作的少女身負侍奉農神的重任。每年播種之前，農家要按照傳統習俗，把少女送進山裡，過一段與世隔絕的生活，這項活動也是少女成長為女人的一種儀式。隔絕生活結束後，少女們把躑躅花插在頭上，作為早處女的標誌（參見《折口信夫全集　第二卷》（中央公論社，一九六五年），第二五九頁）。

十六

流放在外太宰員外帥：奈良麻呂企圖謀殺藤原豐成的弟弟仲麻呂失敗後，豐成因跟奈良麻呂一向交往密切，而且豐成的第三個兒子藤原乙繩參與了叛亂，所以豐成在政爭結束後被派往太宰府擔任員外帥。太宰府位於九州，距離都城十分遙遠，豐成等於是被流放到邊疆。

已到夫妻分居年齡的已婚婦女：日本有一種民俗思想認為，所有的女人原本都是神的妻子，女人為了向神明表白，自己跟人類的男人結婚，並非出於自己的意願，所以有一種習俗讓女人到了某個年紀之後，離開丈夫獨自生活。

麻莖搓成細線：麻莖的表皮撕下來晒乾後，扯成極細的纖維，然後把幾股纖維搓成細麻線，再連結成一條長線，這個過程叫做「績麻」。

十七

暗處那團紫氣：《往生要集》、《今昔物語集》、《平家物語》等古籍中都曾記載，阿彌陀佛前來接引臨終者的時候，「西天升起紫雲，室內瀰漫異香，遠處傳來音樂」，這一段文字即是根據上述典籍而進行描寫。

佛殿、經堂、舍利塔、鐘鼓樓、山門、僧房、齋堂：這七種屋舍被稱為「伽藍七堂」，是每座佛寺必不可少建築。「佛殿」即大雄寶殿，用來安置主佛。「經堂」是講經的場所。「舍利塔」也叫佛塔，用來存放高僧的舍利子和經書。「鐘鼓樓」指鐘樓與鼓樓，僧侶的日常生活以暮鼓晨鐘為信號，所以鐘樓與鼓樓的地位非常重要。「山門」指寺廟的大門，也叫「三門」，是由三座門構成的雙層建築，「三門」表示通往解脫之道的三種法門，亦即空門、無相門、無願門。「僧房」為僧侶的居所。「齋堂」指僧侶的廚房與食堂。

十八

女鳥王：《日本書紀》和《古事記》都記載了仁德天皇和隼別皇子爭奪女鳥王的故事。最初因為仁德天皇想娶繼室八田皇女的妹妹女鳥王為妃，便委託自己的異母兄弟隼別皇子去提親。女鳥王藉口皇后善妒，不願答應，並主動要求跟隼別皇子結為夫婦。仁德天皇聽說這事之後，一方面擔心皇后不悅，另一方面也顧及手足之情，只好允許女鳥王和隼別皇子成婚。後來女鳥王作了一首詩，詩中隱含天皇不如隼別皇子之意，天皇大怒，便命令隨從射殺了皇子夫婦。隼別皇子在《日本書紀》中也叫做「隼總別皇子」，《古事記》則稱他為「速總別命」。

十九

僧伽梨：僧侶穿著的袈裟共有三層，叫做「三衣」，分別採用五條、七條、九條的布塊拼縫而成。除了最外層的「僧伽梨」之外，還有：穿在最內層的「安陀會」，也叫「中衣」，用五條布塊拼成；穿在大衣與中衣之間的「鬱多羅僧」，也叫「上衣」，以七條布塊拼成。

二十

今年八月，那位跟當麻氏關係密切的貴人：指大炊王於天平寶字二年（西元七五八年）八月一日即位為淳仁天皇。大炊王是當麻氏出身的王妃當麻真人山背跟天武天皇之子舍人親王的兒子。

兜率天宮：分為內院與外院兩個部分，內院是菩薩居住的淨土，等到菩薩修功圓滿，便到人間成佛；外院屬於天界，是凡夫的果報天宮，凡夫在這裡只管享樂，直到福報用盡。

數千地湧菩薩：這段描寫來自《法華經》的〈卷五．從地湧出品第十五〉裡提到的故事：釋迦牟尼向弟子解說佛法時，婆娑世界的三千大千國土的地面都被震裂，無量千萬億位菩薩同時從地下湧出。作者借用這段故事來表現小姐繪製的曼陀羅，表示畫面裡已具備諸佛諸菩薩齊聚一堂的淨土形象。

折口信夫年表

一八八七年	出生	二月十一日生於大阪府西成郡木津村（現在的大阪市浪速區敷津西一丁目・鷗町公園），是家中的四男。
一八九二年	五歲	四月，進入木津尋常小學（現在的大阪市立敷津小學）就讀。
一八九九年	十二歲	四月，進入大阪府立第五中學（現在的大阪府立天王寺高中）就讀。
一九〇〇年	十三歲	獨自前往奈良飛鳥坐神社時，與淨土真宗僧侶藤無染相遇。
一九〇五年	十八歲	九月，前往東京，進入國學院大學就讀。與藤無染同居。
一九〇七年	二十歲	七月，完成國學院大學預科學業。 九月，進入本科國文科就讀。
一九〇九年	二十二歲	十月，參加東京短歌會，與阿羅羅木派歌人齊藤茂吉、伊藤左千夫等人相識。
一九一〇年	二十一歲	七月，國學院大學國文科畢業，回到大阪。開始以「釋迢空」為筆名創作短歌。

一九一一年	二十二歲	十月，任職大阪府立今宮中學的約聘教師。
一九一二年	二十三歲	十二月，投稿〈三鄉巷談〉原稿至柳田國男主編的雜誌《鄉土研究》，獲得柳田賞識。
一九一四年	二十五歲	辭去今宮中學教職。
一九一六年	二十九歲	於國學院大學內創立鄉土研究會。 九月，口語翻譯版《萬葉集》上冊出版。
一九一七年	三十歲	一月，任職私立郁文館中學教師。 二月，加入阿羅羅木短歌雜誌社，負責挑選短歌的專欄。 五月，口語翻譯版《萬葉集》中、下冊出版。
一九一九年	三十二歲	一月，任職國學院大學代課講師。 《萬葉集辭典》出版。
一九二一年	三十四歲	七月至九月，進行第一次沖繩採訪旅行。
一九二三年	三十五歲	一月，創刊《白鳥》雜誌。 四月，任職國學院大學教授，講授國文與萬葉集講讀。

一九二三年	三十六歲	六月，兼任慶應義塾大學文學部講師。 七月，進行第二次沖繩採訪旅行。巡訪沖繩本島、宮古、八重山、台灣，因接獲關東大地震消息趕回東京。
一九二四年	三十七歲	一月，在亡師三矢重松家人的建議下，重新開啟「源氏物語全講會」。 離開阿羅羅木，與北原白秋等人創刊《日光》雜誌。
一九二五年	三十八歲	一月，國學院大學予科學生成立短歌社團「鳥船社」，折口擔任指導教授。因此與藤井春洋結識。 五月，以釋迢空名義撰寫的歌集《海山之間》出版。
一九二七年	四十歲	六月，進行能登採訪旅行。
一九二八年	四十一歲	四月，任職慶應義塾大學文學部教授，授課藝能史。 十月，搬家至品川區大井出石町，開始與藤井春洋同居。
一九二九年	四十二歲	成為日本歌人協會會員，其他成員有：北原白秋、前田夕暮、松村英一、齋藤茂吉、川田順。
一九三二年	四十五歲	三月，以《萬葉集》研究成果取得文學博士稱號。
一九三四年	四十七歲	十二月，成為日本民俗協會幹事。

一九三九年	五十二歲	於《日本評論》一、二、三月號刊載《死者之書》。
一九四〇年	五十三歲	二月，《近代短歌》出版。
		四月，於國學院大學學部講座增設民俗學。
一九四一年	五十四歲	三月，《橘曙覽評傳》出版。
一九四三年	五十六歲	九月，《死者之書》經修改後出版。
一九四四年	五十七歲	七月，與藤井春洋結為養父子關係。
一九四八年	六十一歲	四月，《古代感愛集》獲日本藝術院獎。
		十二月，獲選為第一屆日本學術會議會員。
一九五二年	六十五歲	五月，《古代感愛集》、《近代悲傷集》改訂出版。
一九五三年	六十六歲	九月三日，因胃癌於醫院病逝。

幻話集002 **死者之書**
Shisha no Sho by Orikuchi Shinobu

作者	折口信夫
譯者	章蓓蕾
封面設計	吳佳璘
校對	李鳳珠
責任編輯	丁寧
國際版權	吳玲緯　楊靜
行銷	闕志勳　吳宇軒　余一霞
業務	李再星　陳美燕　李振東
總編輯	巫維珍
事業群總經理	謝至平
發行人	何飛鵬
出版	麥田出版 台北市南港區昆陽街16號4樓 電話：886-2-2500-0888　傳真：886-2-2500-1951
發行	英屬蓋曼群島商家庭傳媒股份有限公司城邦分公司 台北市南港區昆陽街16號8樓 客服專線：02-2500-7718；02-2500-7719 24小時傳真專線：02-2500-1990；02-2500-1991 服務時間：週一至週五上午09:30-12:00；下午13:30-17:00 劃撥帳號：19863813　戶名：書虫股份有限公司 讀者服務信箱：service@readingclub.com.tw 城邦網址：http://www.cite.com.tw
香港發行所	城邦（香港）出版集團有限公司 香港九龍土瓜灣土瓜灣道86號順聯工業大廈6樓A室 電話：852-2508-6231　傳真：852-2578-9337 電子信箱：hkcite@biznetvigator.com
馬新發行所	城邦（馬新）出版集團【Cite (M) Sdn. Bhd.】 地址：41-3, Jalan Radin Anum, Bandar Baru Sri Petaling, 57000 Kuala Lumpur, Malaysia. 電話：+6(03) 9056 3833 傳真：+6(03) 9057 6622 讀者服務信箱：services@cite.my
麥田部落格	http://ryefield.pixnet.net
印刷	前進彩藝有限公司
初版一刷	2024年4月
售價	320元
ISBN	978-626-310-626-0
電子書	978-626-310-622-2 (EPUB)

國家圖書館出版品預行編目(CIP)資料

死者之書／折口信夫著；章蓓蕾譯. -- 初版. -- 臺北市：麥田出版：英屬蓋曼群島商家庭傳媒股份有限公司城邦分公司發行, 2024.04
面；　公分. --（幻話集；002）
譯自：死者の書
ISBN 978-626-310-626-0（平裝）

861.57　　113000102

城邦讀書花園
www.cite.com.tw

Printed in Taiwan.
本書若有缺頁、破損、裝訂錯誤，請寄回更換。